Payback
PAYBACK

Payback

PAYBACK

他放下水瓶，緩緩轉過頭。那朝我綻放的笑容，更清晰地與過去記憶交疊。對，那對酒窩，那張透過令人窒息的布偶頭套看見的臉。五年前的那小子怎麼在這裡，又怎麼會是神經病？此時此刻，我唯一可以確定的，是他肯定早就認出我了，否則不可能露出那種笑容。

「你一開始就認出我了？」

他沒有回答，只是拿起還沒喝完的礦泉水，仰頭喝了一口。瓶內的水被一口飲盡，他手上用力，空寶特瓶瞬間扭曲變形，發出「嘎吱」聲響，隨後便砰咚墜地。他騰空的手倏然伸向我的臉，看著彷彿要遮住眼睛的手越來越近，我皺著眉試圖閃躲，不過，他還是快了一步。他的拇指輕撫著我的眼角，片刻過後才緩緩挪開。接著，我聽見他不經意問道。

「哭完了嗎？」

「……」

「你知不知道，你五年前讓我吃虧並落跑的時候，我最生氣的是什麼嗎？」

「我沒有讓你吃虧。」

我還付錢給你了耶，你在亂說什麼？我果斷反駁，並試圖撐起像被痛揍一頓的僵硬身體，但他壓住我的肩膀，不讓我起身。我伸手想撥掉他的手臂，他卻語氣生硬地打斷我。

「光是你沒有拿下頭套，就讓我虧大了。」

我停下動作，對於他的回答感到很是意外。原以為他給出的理由，會是我讓他的手傷得更重，或是丟下兩萬元離開傷了他的自尊。我默默仰頭凝視著他，過了一會兒才開口問道。

「你認為我隱瞞了自己的長相？」

他的眼神流露出絲絲寒意，撇嘴說道。

「那倒是無所謂。問題出在我還沒看到，你就落跑了。」看到長相要幹嘛？你又不會對當時那個奇怪的性愛對象萌生愛意。像在壓抑我內心的反駁似的，他慢條斯理地繼續開口。

「我只是想確認，你是不是在哭。」

「……」

「我想親眼看到你哭。」

他的手再次伸向我的眼睛，這次我沒有躲開。他的手指從眉骨緩緩下移至眼角，輕輕揉弄著泛紅的眼尾。我感到一陣不自在，想撇頭拒絕他的觸摸，但凝視著那不再冰冷的眼睛，我沒能做出任何動作。

「我非常好奇，究竟是什麼樣的痛苦，你悲傷的情緒才會傳染給我？」

我想起了他先前說過的話。

——我這個人啊，即使看到別人哭，也無法同理對方的悲傷。唯有一次，我看見某人哭泣的樣子後，隱約感覺到了悲傷的情緒，甚至連這裡也感到心痛。

原來那說的是我嗎？我再次提出稍早問過的問題。

「你一開始就認出我了？」

「不是。」

他乾脆地回答，順勢把手鬆開，撥了撥自己的瀏海。

「是後來才知道的，你穿著布偶裝來找我的時候。」

布偶裝？我想起來了，就是我發現神經病就是尹理事，憤而穿著活動服裝殺過去找他理論的時候。但這不合理啊。

「那又不是同一套布偶裝。」

我撐起上半身，倚著床頭而坐。一挪動身體，渾身就痠痛得像是被人痛打了一頓，不過我沒有表現出來，而是移動至與他平視的高度。

「你只是因為我穿了布偶裝，就認出我了？」

「那你是怎麼認出我的？」

「……」

「你怎麼知道五年前第一次幹你的人就是我？」

他提到「第一次」時，語氣帶著濃濃的笑意。我不禁微微皺眉，這才想到，我先前曾經和他說過，可惡。不過，聽見他接下來說的話，我只能板起一張臭臉。

「啊，是我插進去後，你就想起來了嗎？想起這是曾經在你體內抽插的性器？」

「你不要胡說八道。」

噗嗤。他無聲地笑了。

「你恢復平常的樣子了。」

「……」

「不覺得很神奇嗎？明明此前因為感到煎熬難過而痛哭，現在卻若無其事地和我像平常一樣對話。」

神奇。用神奇來形容這種情況，是正確的嗎？能確定的是，我的心情已經和幾十分鐘前截然不同了。我甚至懷疑方才的一切只是一場夢。

「活著就是這樣。」

聽見他冷淡的語氣，我抬眼一看，正好與他毫無感情的雙眸對視。

「原本痛苦得幾近死去，又在某一刻忘卻痛苦，變得若無其事；哪怕並非出於本意，有時還是會感受到快樂、體會到快感。」

他目光低垂，瞥向蓋在我身上的棉被。被褥底下和裸露的上半身都一絲不掛，雖有棉被遮掩，依舊像是裸體被人看見一樣。

「你抱住我，哭著射出精液，不是什麼大不了的事。」

他抬起目光，平靜地繼續說道。

「接受吧，這些都是再理所當然不過的、活著的代價。」

「我知道，我會的。」

簡短回答後，我緩緩垂下目光，而他立刻托起我的下巴，與我四目相交。

「光是這樣還不夠，我要你知道，你現在也該放下那煩人的罪惡感了。」

我用力推開他的手臂，別過頭。

「我自己會決定。」

究竟何時放下？抑或是仍無法放下，只能繼續承受？即便一次痛快的哭泣抒發了我未曾察覺的悲傷，也不表示我連罪惡感也徹底宣洩。我反而可以更平靜地接受它了。對，平靜，這才是最為精準的形容。

先前只要回想起過去，罪惡感便如同一個沉重的包袱，重重地壓在我身上，但現在，它卻莫名變成了我的一部分，融入了我的軀殼。那彷彿占據胸腔的感受，變得不再那麼逼人、那麼尖銳。然而，我依舊懼怕自己還活著這件事，也懼怕這種恐懼始終不會消失。

我不敢思考，只能刻意若無其事地抬起目光。看見我這副模樣，一定又會從他嘴裡聽見「煩人」這個詞吧。但他只是漫不經心盯著我，隨後便轉移了話題。

「我是從聲音認出來的。」

什麼？我本想反問他在說什麼，才突然意識到他指的是憑著布偶裝認出我的原因。只是，他說聲音？可能是我眼中的訝異過於明顯，他的嘴角不禁勾起慵懶的笑容。

「我當時的記憶，只有透過布偶裝傳出的聲音，還有你的刺青，所以在XX市的飯店見到你、確認刺青的時候，我真的非常激動。」

「因為見到了你一直尋覓的仇家？」

他深深一笑，俯身湊近並低聲耳語。

「因為那個仇家是你。」

「……」

「那你呢？你怎麼認出我的？你不是普通遲鈍，我本來還以為，在我告訴你之前，你都不會認出我。」

接著，他又「嗯哼」一聲，繼續胡說八道。

「果然是我的性器插進去，讓你感覺似曾相識？」

「媽的，怎麼可能，我只是單純想起來而已。」

瘋子。我擔心他又繼續胡言亂語，於是再次強調。

「……是因為哭了，才會想起那個時候。」

在他面前哭泣，感覺特別難為情。他媽的。要是這次也戴著布偶頭套就好了，居然好死不死在他面前哭了兩次。

「真無趣，如果你是因為我幹你的力道太舒服而想起來，我就會給你獎勵了。」

「我自己也覺得很無趣，而且我才不需要什麼獎勵。」

「這樣啊？那是能夠刺激宋明新的好誘餌耶？你不是想趕快引誘宋明新花錢嗎？」

他的確沒說錯。我雖然利用明新執著的車子來引誘他花錢，但說不定不去貸款公司，他也有辦法從其他地方周轉到那筆錢。但相較之下，我更不想聽從這小子的建議，畢竟他肯定會像現在這樣明目張膽地提出讓人無言的要求。

「說吧，說你被我幹得很爽。」

我靜靜凝視著他，接著將目光轉向他在敞開的浴袍間若隱若現的精壯腰腹。

「那你先讓我幹你。」

他緩緩揚起笑容，酒窩在頰邊隱隱浮現。他似乎真的覺得好笑，視線中閃過一絲興致勃勃的光芒。

「如果做得到，你就試試看啊。」

接著，那雙被欲望浸染的眼睛，再次打量著我的下半身。

「你接下來大概連腰都挺不直吧。」

他抬眼看我，那眼神背後的意圖相當明確——我要繼續幹你。我理應開口怒斥，但直視著他如掠食者般充滿獸性的目光，我只感到一陣寒毛直豎。幹，我現在還全身痠痛耶。

「我給你兩萬元，你趕緊滾吧。」

本來傾身朝我靠近的他，聞言便挺直了腰桿。他的眉毛皺了一下，似乎想起了當時的事，只見他微微瞇起沒有笑意的眼睛，撇嘴說道。

「這才想到，我還留著你當時給我的兩萬元呢。你知道為什麼嗎？」

一定是氣炸了才會留著吧。依照他的個性，也可能是為了不忘記自己吃過的悶虧。我一邊猜測他會說出符合他作風的驚悚原因，一邊不怕死般淡定地回嘴。

「大概是你第一次靠身體賺到錢，想留作紀念吧。難道不是嗎？」

他勾起嘴角，忽然伸手抓住我的肩膀。

「對，是紀念沒錯。」

接著，他說出了比我預想中更驚悚的回答。

「因為我想拿來自慰。每次看到那筆錢，我都會想起幹你的時候，然後硬起來。雖然一想到那個時候就很火大，下面卻會開始發燙，畢竟你的身體真的很誘人。」

看見他如同盯著獵物般瞇起的眼睛，我頓感脊背發涼。

「所以你現在給我錢的話，我也無所謂，說不定還會因此更加興奮。」

聽著這番話，我重新定義了他這個人——不僅神經病，還是個死變態。只見他像要撲倒我一般，身體緩緩欺近我的上方。他真的還想做嗎？當我心懷恐懼，正準備伸手推開他時，幸運從其他地方降臨了。

嗡嗡——嗡嗡——

感受到手機傳出的震動，正準備壓在我身上的他頓時停下動作。這才想起，現在仍是白天，是他的工作時間，於是我出聲提醒。

「現在不是你工作的時間嗎？」

他瞄了我一眼，離開床鋪，拿起桌上的手機。

「喂？」

他面無表情聽著對方說話，過了一陣子才開口。

「我應該交代過，如果不是非常緊急的事情，不要打電話給我。」

他沉默片刻，電話那頭的人好像還想解釋些什麼，他卻直接打斷對方。

「我今天休假。」

什麼？只會拚命工作的你，居然會休假？正當我因這令人不敢置信的言論懷疑自己的耳朵時，他似乎已經說完自己要說的，隨手掛斷了電話，甚至直接將手機關機。接著，他像忽然想起什麼似的，抬頭看向愣住的我，開口說道。

「喔，你的經紀人有打來，我已經說你今天休假了。」

「你接了我的電話？」

「對。」

我忍不住想咒罵一句「該死」，他卻輕描淡寫地回答，並準備再次爬上床。我死命撐起痠痛的身體，趕緊躲到一旁。

「經紀人聽到是你接電話，沒有嚇到嗎？」

「為什麼要嚇到？」

當然是因為你是尹理事啊。他可能猜到我的想法，親切地補充說明。

「感覺他沒認出我。啊，我有提到自己的身分，他之後的確有可能嚇暈。」

「你……說了自己是尹理事？」

他抬起膝蓋，屈膝跪在床沿，嘴角露出淺笑。那笑容看起來令人非常不安，我不禁跟著緊張了起來。

「不，我說的是你手機裡儲存的名字。你把我存成『神經病』？」

不知為何，我感覺自己像個做錯事被叫到老師面前的學生。我忍住不挪開視線，故作鎮定地回嘴。

「你是神經病沒錯啊。」

他再次瞇起眼睛，像在端詳我似的，隨後又迅速恢復原樣。

「算了，無所謂。不管我以後怎麼對你，你都會因為我是神經病而理解，這樣反而更方便。」

對我怎麼樣？你這傢伙又想對我做什麼了？我瞪著他，認為倒不如跟他打一架，被直接揍暈算了。而我會這麼想的原因，是他已然勃起的性器正將浴袍頂起一個微妙的弧度。可能是察覺了我的視線，他故意笑著解開浴袍的腰帶。浴袍底下，理所當然是健壯赤裸的身體。

「我記得你害怕的話，反而會主動出擊？你知道那樣更刺激嗎？」

「你說誰害怕了？」

這麼說的同時，我咬緊牙關，握緊了拳頭。他似乎覺得我的反應很有趣，欣賞般俯視著我。

「五年前我一隻手受傷的時候或許還行得通，現在我勸你還是放棄吧。雖然你主動出擊的話，我也很喜歡。」

他的話有一部分讓我深有同感。五年前不只是手，我應該把他整個人都弄得半死不活才對。

「講話注意點，小心你的手又要打一次石膏。」

儘管能讓他打石膏的機率微乎其微，我還是不想服輸。只見他收起笑容，開口問我。

「你知道嗎？我的手五年前之所以打著石膏，是當時打架受的傷。」

喔，打架傷到手……什麼？我掩藏不住少有的驚訝，瞪大了眼睛。

「打架？你跟人打架卻被揍嗎？被誰？」

「你已經見過他了。」

「我見過？是誰……！」

那瞬間，某個身影倏然在我腦海浮現。

「我的現場經紀人？」

我忘了藏住眼底閃過的驚詫，像個笨蛋開口詢問後，他默默點了點頭。

「對。幹，那時為了狠揍他的膝蓋而分心，就被他打中了。」

狠揍膝蓋……我想起現場經紀人總是強調自己有關節炎，與此同時，神經病冷漠的聲音再次傳來。

「看起來怎麼樣？」

「什麼？」

「那個人是不是依然活蹦亂跳？我為了當面向他復仇，屢次跟他聯絡，他卻每次都敷衍我，說他膝蓋不好。幹，我還要弄傷他的手耶。」

復仇？那個大叔的膝蓋不是已經廢了嗎？神經病似乎回憶起當時的種種，眼底綻出銳利的殺氣。如果遇到他這種跟蹤狂，就算沒有關節炎，也肯定會說自己有吧。而他又再次追問。

「聽說他跟金會長的跟班打了一架？」

「……」

「怎麼樣？」

「……感覺關節炎非常嚴重。」

我秉持救人一命的心態撒了謊，不過，看見他冷意瀰漫、想確認我的說詞真假與否的眼睛，我反而開始擔心起自己的膝蓋了。不，或許會廢掉的是我的腰。

「喂。」

開始感到頭痛的我出聲呼喚他，伸手撥起額前的頭髮。

「我餓了，吃點東西再做吧。」

聽我低聲嘆了口氣，他竟意外安分地退開，嘴裡興味盎然地吐出一句——

「對，你也要有力氣才能勾著我。」

該死的傢伙。我一邊不滿地望著神經病離開的那扇門，一邊小聲咕噥。我還有力氣可以朝你撲過去好嗎！本想憑著一股倔強出聲吶喊，又在認清現實後勉強忍住。畢竟此刻別無選擇的我，光是從床上起身，就忍不住發出疲憊的呻吟。不僅是腰，我全身上下都痠痛不已。

不是，那小子明明年紀比我大，為什麼還這麼精力充沛啊？我的自尊心簡直要碎了一地。我咬牙從床上爬起來，轉頭環視周遭。我的衣服去哪了？透過客廳電話叫客房服務的聲音依稀從門外傳來，他好像點了兩份某種套餐。

人類真是可笑。明明此前才因死不了又哭不出來而感到窒息，現在聽到要吃飯，居然開始產生飢餓感了。就如同他所說，我彷彿從未悲傷難過，呆愣愣地想著餐點什麼時候送到。

——活著就是這樣。

我將再次浮現的、神經病的聲音趕出腦海，穿上終於找到的褲子。而正當我把T恤套到頭上時，一道冷冽的質問制止了我的動作。

「你在幹嘛？」

我把T恤拉到胸口，茫然地看向門邊。不知何時折返回來的他，就站在那裡。

「還能幹嘛？穿衣服啊。」

「我的意思是，你幹嘛穿上根本不需要穿的衣服？」

他嘴角微挑，口吻親切地再次問道。不過，我絕不會被他的聲音欺騙，尤其看見了他逐漸瀰漫殺意的眼睛。一般情況下，我肯定會瞪回去，與他展開一場眼神交鋒，但此時此刻我卻一頭霧水，只能不解地皺起眉頭。

「不然要繼續裸體嗎？蛤？你要幹嘛……」

話音未落，神經病便迅速靠近，一把抓住我的T恤往上掀開，不分青紅皂白地脫去我的衣服。

「太麻煩了，我幫你脫就好，別擔心。」

這又是什麼鬼話？

「放手！」

儘管頑強抵抗，仍然無法阻止他莫名其妙的舉動。那短短的時間內，我為了制止他而變得氣喘吁吁，他卻輕而易舉拿走我的T恤，還一派輕鬆地俯視著我。這小子到底都吃了什麼，力氣怎麼這麼大？幹，是不是吃太多補藥了？

不過，我無法繼續深究補藥的功效。他的目光已順勢瞥向我的下半身。我後頸發涼，那眼神，一看就知道他想脫掉我的褲子，而他也不出所料，毫不猶豫地展開行動。我被他推倒在床上，驚慌失措地大喊。

「住手！褲子我自己脫。」

「好。」

他乾脆地回答，並乖乖退後。太輕易就得到肯定的答覆，我反而慌了，忍不住開始懊悔。幹，褲子真的非脫不可嗎？看著我拖拖拉拉的動作，他再次親切開口。

「要幫你脫嗎？」

「你一定要看著我光溜溜的樣子嗎？」

比起煩躁，更多的是委屈。他看著那樣的我，笑著彎起眼睛。

「你會害羞嗎？」

「因為我不是你這種神經病，我需要穿衣服。」

「那你穿浴袍。」

「不要。」

我斷然拒絕後，他眼中閃過一絲訝異。

「為什麼？」

因為……我挪動目光，木訥地回答。

「我會尷尬，而且我也沒穿過那種東西。我看電影裡穿這種東西的人，都是搞外遇的中年大叔，或是在家睡覺時被射殺的黑手黨。」

哈。他短促地笑了一聲。我以為他在嘲笑我，忍不住憤怒地開口質問。

「笑什麼笑？」

「原來你也知道黑手黨。」

「我還知道極道呢，幹。」

「你又不知道怎麼拼。」

我一時語塞。不過，我倏然意識到自己根本不需要知道那麼多，於是再次瞪向他。

「難道其他人就知道嗎？大家只要會自己的母語就夠了。」

你自己明明連地鐵首班車的時間都不知道。雖然在內心嘟囔，我還是忍住沒說出口，畢竟我不想難得抓到他的把柄就反覆利用好幾次。我忍住嘆息，眼睛盯著浴袍。

「一定要穿嗎？」

「如果你不想裸體的話。」

「那為什麼不能穿衣服？」

「如果你穿著衣服，豈不是可以隨時逃跑？」

我先是錯愕地看著他，才忽然想起五年前的事。他說的「逃跑」，指的是那個時候嗎？我這才真真切切地意識到，他尋覓了五年的人真的是我。一股微妙的情緒在心中縈繞，我依然感覺不太真實。

「要幫你脫褲子嗎？」

他執著地再次追問，打斷了我的思緒。

「不用。還有，我再重申一次，五年前我並沒有逃跑。」

「你離開我的視線範圍，就等於逃跑。」

他面無表情、斬釘截鐵地說完後便朝我遞出浴袍。他臉上的笑容已恢復如初，彷彿方才的冷冽只是我的錯覺。

「穿上。」

我伸手接過厚重的白色浴袍，一邊撫摸一邊咕噥。

「我哪可能一直待在你的視線範圍？你當自己有千里眼嗎？」

儘管沒聽見任何回應，內心不妙感覺還是讓我抬起了頭。他果然在笑。知道他露出笑容的原因，我忍不住斜眼看向他。

「對，我連千里眼都知道。」

「就算有千里眼也沒用。人的肉眼雖然能看見距離地球兩百三十萬光年的星辰，卻連近在咫尺的真相也看不透。」

是啊，真相就在眼前，我們卻沒能看透。可即便近在咫尺，我也希望他不要再看穿真實的我了。要是太過靠近，他恐怕又會揪出連我自己都沒察覺的真實面貌，讓我哭得像個孩子。該死。

「勸你放棄吧。」

耳邊忽然傳來的警告，讓我疑惑地抬起目光。

「別想擺脫我的關注。」

「我自己會決定。」

「原來你真的有這麼想？」

靠。我在心底咒罵，面上卻緊閉嘴巴，假裝不以為意。他笑著拉了一張椅子，在我面前坐下。

「適可而止吧。雖然逮到逃跑的你也很有趣，但要是你全力逃跑，不就表示我也得拿出全力追嗎？」

他直盯著我的眼睛，動了動懸在半空中的手。嘶——陌生的聲音倏然傳來，我低頭一看，忍不住大吃一驚。

「你在做什麼？幹嘛撕爛我的T恤？」

本來坐在床上的我猛然站起，而他笑著開口道歉。

「喔，抱歉，這是你的衣服嗎？」

嘴上說著抱歉，手卻再次撕扯我的衣服，T恤在他手中像脆弱的紙張一樣支離破碎。這個神經病真的是……我氣得簡直想朝他撲上去，而他卻用不帶笑意的聲音開口問我。

「是說，你的褲子到現在還沒脫。要我幫忙嗎？」

我不自覺愣了一下，縮回正準備伸出的腿。我對於自己的退縮感到十分難為情，只能強裝凶狠地頂嘴反駁。

「我要穿要脫不用你管。我又不是你這種變態，不會只穿著一條褲子就出門。」

「很難說，我五年前就學到了，不能對你掉以輕心。」

他喃喃自語般說完，轉眼望向我。

「所以我想了解你的一切。啊，要是再弄哭你，會發掘更多你隱藏的真實面貌嗎？感覺會很有趣。」

「想都別想。要發掘真實面貌，就去發掘你自己的。如果需要樂趣，你怎麼不去看A片打手槍？」

聽見我凶巴巴的反駁，他似乎非常開心，甚至笑出了聲。

「已經有你在了，何必呢？光是看到你，我就會像狗一樣發情了。而且就算你去挖掘我的真實面貌，也會發現根本沒什麼。」

他說「沒什麼」，聽起來反而像是「有什麼」。他應該只是平凡地念完大學就到公司工作，就算真的深入探究，的確可能如他所說，不會有什麼收穫。但令人意外的是，他的口吻簡直就像已經挖掘過自己的真實面貌一樣。

「你所謂沒什麼的真實面貌，指的是什麼？」

他面無表情地望著我，像是正在回想那段探究真實的過去般，用生硬的語氣回覆。

「意識到只要我想做，真的什麼都做得到。不過，自從認清倫理道德或制度規範都阻止不了我之後，反而更容易隱藏。所以——」

他停頓了一下，又恢復成原先的樣子，看著我笑了。

「變成了更適合這個社會的人。」

「隱藏什麼？」

「什麼都隱藏，無論是不道德的行為、犯罪，或者殺人。」

犯罪也就算了，連「殺人」這個詞都如此輕描淡寫，我忍不住起了一身雞皮疙瘩。

「鬼話連篇。」

哈哈哈。他放聲大笑。看著他如此開懷的模樣，我一時有些愣神。偶爾，真的只是偶爾，當他露出這般開懷的笑容，會讓我感覺他像個少年。他似乎真的很高興，親切地告訴我。

「如果你還有什麼好奇的，就問吧。」

「沒有了。」

聽見我毫無遲疑的答覆，他眼底的笑意消失片刻，但他仍勾著嘴角低聲說道。

「宥翰，不可以沒有啊。」

「……不要那樣叫我。」

「你的名字不就叫宥翰嗎？」

他站起身，走向愣住的我。是啊，這明明是我的名字。可他呼喚我本名的聲音，卻像要卸下我所有堅硬的外殼，將躲藏其中的懦弱自我徹底剖開。不知不覺走到我面前的他，朝我伸出了手。我下意識別過頭，一股強勁的力道卻禁錮住我的下顎。

「手拿開。」

「原來你真的怕了。」

「誰怕了？」

我抓住他的手腕，試圖甩開他的桎梏，但他卻不為所動，令我莫名感到一陣無所適從。他像壓制孩子般輕鬆壓制著我，將頭側向一旁。

「真神奇，即使害怕也沒有逃跑，而是會直視對方。」

「那是因為我有信心，就算真的死到臨頭，也會先折斷對方一隻手臂再上路。當然，你也一樣。」

我擠出力氣掙脫束縛，總算能將臉從他的注視下轉開。

「就是這樣，我才會看上你。你不會為了取勝虛張聲勢，而是秉持著要折斷對方一隻手臂的決心發動攻勢。雖然衝動，又會向現實妥協。」

那樣哪是妥協？如果真的衝動行事，當然是我已經清楚認知到自己可能會受到傷害，並做好承擔後果的覺悟了啊。居然因為這點小事而心動？真不愧是神經病。我這麼嘟囔著，又因他的呢喃微微一愣。

「但你那該死的罪惡感，為什麼就是沒辦法妥協？」

他似乎清楚知道一個能刺激我的按鈕，並總能精準地在我鬆懈時按下。即便不想回應，我還是忍不住怒視著他。

「你的神經病氣質也沒有妥協啊。」

「怎麼會？我對你都沒脾氣了，還這麼溫柔耶。」

他一邊胡說八道，一邊抓住我的肩膀，順勢將我推倒在床墊上。我下意識想推開他，可他無視我的反抗，徑直跨坐在我身上。

「你自稱已經改掉的脾氣，是每分鐘都恢復一次嗎？走開。」

「但你還是喜歡我吧？」

霎時間，我愣住了，不自覺瞪大眼睛仰望著他。我只是覺得有點荒唐。是我認為那是只有累積了足夠感情的人之間才會問的問題，所以感到抗拒嗎？微妙的熱意在胸口湧動，理性上知道只要否認就好，我卻開不了口。為什麼我不想折斷他的手臂？為什麼我在他面前哭得出來……又為什麼被問了這種問題，我卻說不出任何謊話？

「回答我。」

他似乎將我的沉默誤解成另一種意思，一貫的笑容徹底消失。他單手抓住我的雙腕扣在頭頂上方，讓我感覺自己就像被捕獲的獵物。他輕鬆壓制我的掙扎，俯身低頭與我對視。看著他在相隔一掌的距離堪堪停下，我發現他好像生氣了。隨後，只聽他輕聲問道。

「你既不對我感到好奇，也不承認喜歡我。但我為什麼還是無法討厭你呢？

我快瘋了。哪怕拿刀抵著你的脖子，也想聽你說喜歡我，所以我快瘋掉了。」

我甩開被他抓住的手，無意間發出了呻吟。看見我的反應，他淺淺一笑，溫柔地說道。

「……你先放手，呃。」

「你問我看看。」

「問什麼？」

「我的腦海裡有什麼。」

「……」

「你連這樣也會怕嗎？罪惡感叫你不要聽嗎？」

「不要胡說八道，走開。」

這次的威脅依舊不管用，他反而更惱火了。那好似平靜的輕聲細語，在我耳裡莫名像是怒吼。

「只要我醒著，你就一直在我腦海裡打轉。他媽的。」

什麼……我簡直無言以對，連回嘴都做不到。明明是只知道工作的人，居然說你在想我？他似乎發現了我的疑問，繼續補充說明。溫熱唇舌發出的聲音在肌膚上滑過，一股我熟悉且不討厭的酥麻感瞬間綻開。

「我一個人在辦公室工作的時候，耳邊總是迴盪著你被我觸碰時發出的喘息。」

微微的麻癢讓我忍不住縮起脖子，見狀，他將嘴唇湊到我耳邊，輕輕咬了一口。

「在公司開會，我滿腦子都在想你的嘴唇有多麼柔軟。」

他的唇輕輕擦過我的嘴角。儘管只是極為短暫的觸碰，從柔軟雙唇間逸出的溫熱氣息依舊滲入了我的皮膚。

「每次開車，我都會想起撫摸你的腰、屁股和大腿時的觸感，甚至曾經忍不住在車上自慰。」

他的耳語平緩而甜美，讓我莫名有些恍惚。即便看見了他伸向我褲頭的手，我依然沒有制止他。本來只是蜻蜓點水的吻，忽然用力壓在我的唇上。明明是和我一樣的平凡人類，他的嘴唇卻意外炙熱。他的一切總是如此。就如同此刻脫去我褲子、握住我性器的手掌也滾燙得彷彿要將一切融化。熱意不知不覺沿著頸項移至胸口，柔軟的唇瓣舔吻著我的肌膚，即使溫和的觸碰並未帶來任何痛楚，他給予的刺激依舊像灼燒般陣陣發疼。

「別在我身上留下痕跡。」

正在我胸口啃咬吸吮的他輕笑了一下，用牙齒咬住我的乳頭。

「啊！不要咬……媽的。」

反抗的話語最後成了好似呻吟的咒罵。他的手用力握住我的性器開始撫弄。與先前勾引般四處點火的挑逗不同，突如其來收緊的力道讓我的大腿不受控制地跟著顫抖。我向後仰起頭，忍不住閉上眼睛。

隱約之間，我感覺不知何時抬起頭的他，正仔細端詳著我的表情。儘管沒有親眼看見，但我知道此刻他的眼中並沒有任何嘲弄。就算此前他總是時不時提起那惱人的罪惡感，的確有可能在發現我耽於肉體歡愉後對我冷嘲熱諷，但我就是知道。

溫熱的吐息彼此交融，每當灼人的空氣將我們包裹，這個讓人不甚愉悅的詞彙就會默默被屏除在外。我不認為這是他體貼的表現，畢竟他應該沒有那麼溫柔，我想是出於更自私的原因吧。想看我展現更多反應，讓他能從中獲得更多刺激和享受。不過，說不定正是因為這樣，反而能讓我毫無顧忌地接受這一刻，不再推開再次咬上來的他。

「唉，真是的。」

我睜開眼睛，低頭俯視著他。看見我眼裡的鬱悶，他露出了開心的笑容。

「痛嗎？」

「對，很痛，幹。」

我再次低聲咒罵，他嘴角的弧度卻更明顯了。他為什麼笑得那麼開心啊？

「太好了，這樣你每次看見這裡的痕跡，都會想到我。」

到底在說什麼鬼話？我感到十分無言，但若此刻出聲質問，被我壓抑的喘息便會一併傾瀉而出。他注視著我，再次舔吻著我的胸口。我又一次向後倒去，將頭一古腦埋進枕頭。粗魯摩擦著性器的手掌，以及不斷在胸口游移的唇舌，讓我本就痠軟的身體變得更加無力。

「你不要發瘋。」

聽見我如同耳語的駁斥，他笑著加重了手上的力道。我倒抽一口氣，掙扎般踢動雙腳，他卻好似不滿我的動作，另一隻手更用力地分開我的大腿。我試圖奮力抵抗，依舊不敵他怪物般的力道，雙腿被不容反抗地打開，濕潤的舌頭沿著胸膛舔吻至微微挺立的乳尖。

「要是我真的瘋了，就會拿刀砍你全身，只留下眼睛讓你照鏡子。」

「你以為那樣自己能全身而退嗎？你身上也會中刀……呃！哈啊——」

他的指尖在龜頭上磨蹭，觸電般的刺激猝然自下腹綻放，我忍不住發出一聲綿長的呻吟。他專注地套弄著我的性器，低頭直視著我的眼睛。

「知道我為什麼喜歡聽你呻吟嗎？因為你明明什麼話都不願意對我說，可一旦被我觸碰，你的身體就老實了。」

我想開口否認，身體卻違背了自身的意志。射精的衝動倏然湧上，無力抵抗的快感如浪潮般將我吞沒。最後，在他的注視下，我的身體顫抖著在他手中射了出來。哈啊，哈啊……酥麻的戰慄伴隨著輕喘，我無力地陷入柔軟的床舖。儘管很想就這樣繼續躺著，他命令般的口吻卻自顧自從上方傳來。

「屁股抬起來。」

嗯？什麼……我剛抬起呆滯的目光，原先卡在臀上的褲子便被徹底脫下，粗魯的力道讓金屬配件在腿上留下一道泛紅的刮痕。

「我說過了吧？你根本不需要穿褲子。反正你離開這裡前要做的事，就只有張開雙腿夾住我的屌。」

他一邊說著，一邊擠進我的腿間，一把箝制住我的腳踝。我試圖撐起疲軟的身體，他卻再次將我按倒。赤裸的大腿緊貼著精壯的腰腹，即使沒有親眼看見，那在股間滾燙硬挺的棒狀物也張揚地昭示著自己的存在。難道他還想做嗎？

「你知道自己真的很像發情的狗嗎？」

不耐煩的口氣掩飾著內心的些微恐懼，但他只是伸手握住我的性器，龜頭專心磨蹭著我的穴口。

「還好吧？」

低沉而粗獷的聲音夾雜著笑意與喘息，讓我一時有些愣神。只見他放低目光，注視著自己勃發的性器與它即將插入的地方。他的呼吸逐漸急促，胸口明顯地起伏。儘管對接下來要發生的事有些緊張，我的眼睛還是定定凝視著他。

抵著入口的灼熱欲望緩緩推進，我忍不住發出咒罵般的呻吟，可目光依然無法從他臉上移開。感受到我的視線，他抬起頭，似乎對於我的反應感到十分高興，眼中流露出明顯的滿足。

「放輕鬆，你現在很了解我的尺寸了吧？」

他聲音溫柔，身下卻毫不留情地用力挺進。幹，這個瘋子。我的呼吸猛地一窒，抓著床單的手指不由自主地收緊，痛苦的呻吟自口中淌出。看見我這副模樣，他輕笑出聲。

「看來你對我的了解還不夠啊。沒關係，至少你會發出好聽的聲音。」

「呃，什麼……啊！」

他毫無憐憫地將性器整根插了進來。因緊張而僵硬的後穴依舊狹窄，他卻毫不留情地稍微拔出，再次「啪」一聲將我徹底填滿。真正讓人無言的是，這反而成為了我無法推開他的原因。即使流血撕裂，他還是會笑著將我徹底占有，同時為我帶來痛苦和快樂。

「叫出來。」

他扯住我的頭髮，逼我抬頭看他。我睜開因不適而閉上的眼睛，看著他近在咫尺、被欲色浸染的臉。他緩慢而有力地不斷挺動，同時伸手將我的大腿抬得更高。接著，他突然將性器深深拔出，又一口氣猛插到底。

「啊呃——！」

我發出承受不住的呻吟，被往上頂弄的身體在床單上留下凌亂的褶痕，倏然夾緊的雙腿不由自主地勾住他結實的腰部。恍惚之間，我感受到貼著我嘴角的唇微微彎起，火熱濕潤的氣息和沙啞的呢喃同時自他口中溢出。

「對，叫得真好聽。」

「媽的，你要做的話，哈啊，嗯……就趕快做完，啊！」

他封住我的唇，強硬地將舌頭伸進來攪弄，濕黏的水聲和肉體碰撞的啪啪聲彼此糾纏。就像為了滿足我的要求，猝然加快的速度頂得我一陣頭暈目眩。痙攣的雙腿再次夾緊，原本抓著床單的手指轉而在他的肩膀上留下一道道紅痕。疼痛與快感在下腹交融，化為一股熟悉的戰慄沿著脊背躥升，將本就不甚清醒的大腦攪弄得一團混亂。直到我的呻吟不再摻雜痛苦，他再次深深一吻，才開口問道。

「說吧。哈……感覺怎麼樣？」

他的提問夾雜著斷續的喘息，我卻無法回答。雙眼失神地隨著欲望開口呻吟，是我當下唯一能給予的反應。

「啊……哼呃……啊啊──」

「你的身體每被我插一下，啊……水就一直流出來。你有什麼感覺？嗯？」

還能有什麼感覺？身體止不住顫抖，在濕軟後穴層層堆疊的刺激和快感充盈著下腹，性器明明沒被撫摸，即將爆發的射精感卻迅速湧上，導致我根本無暇思考其他。儘管逼迫我的侵犯毫不留情，我依然感受不到說謊的必要。

「幹，呃……啊，啊……很爽……呃──」

明明得到了想要的答案，我卻沒聽見他滿意的笑聲。仰頭一看，笑容已從他的嘴角消失，此時此刻，他正面無表情地俯視著我。不過，那似乎才是他真正的模樣。被獸性籠罩的黝黑瞳孔倒映著我赤裸的身影，像野獸一樣擺動腰肢的原始行為真的非常適合他。

我如同著魔般抬頭仰望著他，直到最後才在快感的驅使下，暫時閉上眼睛射了出來。乳白色的精液從性器噴出，下腹痙攣般抽動，後穴不受控制地緊縮。片刻過後，持續折磨著我的他終於射了出來，緊貼著我的下半身顫抖了好幾下。

拔出性器後，他射出的精液沿著穴口緩緩流出，那過於清晰的感受令人忍不住起了一身雞皮疙瘩。我以為那是宣告禽獸般的行為結束的訊號，於是閉著眼睛癱倒在床上。疲憊感陣陣襲來，我卻沒辦法繼續休息。只見他一拔出性器，便將我的身體翻了過來，突如其來的動作讓我驚恐地轉頭看向他。

「你、你幹嘛？還要做？」

他歪著頭，露出討人厭的笑容。

「你不是說很爽？」

我當宅配員養成的其中一個習慣是電話從不漏接，簡訊也必看。在神經病暫時離開後，我拖著彷彿快要沒命的身體賴在床上，過了一會兒才想起我的手機。手機在哪？我一起身，痠脹的疼痛便從尾椎一路蔓延至腰間，讓我忍不住咒罵出聲。我咬緊牙關站了起來，披上該死的浴袍，走出房間。

不知道飯店的房間怎麼會大得像一座別墅，我穿過走廊進入寬敞的客廳，在那裡找到了掉在地上的手機。我先是納悶為何手機會掉在客廳，才猛然想起自己一進到這裡，就被神經病抓著瘋狂交換唾液……算了。我趕緊停止思考，一屁股坐到沙發上，習慣性地打開手機查看。手機沒開機，是什麼時候關機的？我詫異地按下開機鍵後，通知便如雨後春筍般冒了出來。

「怎麼這麼多？」

我收到了幾則平時少見的語音簡訊。我一邊回想聆聽方法，一邊按下密碼。很快地，我聽見了第一則訊息。

『您好嗎？兩百元先生。』

一聽見這個名字，我就想關掉了。不過，先前欠了店經理人情，我只能臭著臉繼續聽下去。

『我是愛麗絲的迷宮的店經理，您這陣子過得好嗎？』

當我以為這只是無謂的寒暄時，背景卻傳來了另一個聲音。

『唉，廢話少說，趕快問他傑伊的事。』

是愛麗絲的社長。他的聲音比貼著電話的店經理還大聲。

『社長，我身為愛麗絲的店經理，不能做出不打招呼就直接切入正題的無禮行為。』

『好吧，這倒是……嗯？你昨天打給我的時候，不是劈頭就說黃社長來了，叫我趕快過去嗎？』

『我是恭請您趕快過去。』

『喔，好……什麼？喂！』

後來錄音就中斷了。我感到一陣無言，但還是點開了下一個錄音檔。

『兩百元先生，您好，我是愛麗絲的迷宮的店經理。』

霎時間，我還以為自己重複聽了同一個檔案，不過，這次背景聲音不一樣了。

『吼，你快點，快點問他傑伊的事。我們家傑伊手機關機，一直聯絡不到人，兩百元哪可能安然無恙？』

所以你們只是因為神經病的手機關機，就像這樣傳了語音訊息給我？不過，他說的話有一部分的確是事實，我現在確實不是安然無恙。該死，我全身上下都痠痛不已。我將苦悶的心情壓抑在心中，而愛麗絲的社長依舊滔滔不絕。

『居然說他在上班時間衝出公司，還不接電話？我們傑伊不是那麼不負責任的人！他就算便祕蹲廁所，也不至於失聯這麼久……嚇，他蹲廁所蹲到昏倒了嗎！』

聽見社長的驚呼，店經理急忙反駁。

『我想應該不是，社長，蹲廁所才是最需要手機的時候，怎麼可能關機呢？』

『喔，店經理，你的推理能力進步了——』

『是社長教會了我直扎關鍵的分析能力。』

『沒錯，我的確滿會扎的，也很會拿針扎手[1]。』

就這樣，第二個錄音檔在一段無趣的對話中結束了。為了避免遺漏重要資訊，我提起最後的耐心，點開了第三段錄音。

『兩百元先生，您好，我是愛麗絲的迷宮的店經理。』

聽到這裡，我忍不住開始懷疑他們是不是在整我了。

『哎喲，好了啦，趕快問他重點。跟他說如果知道我們傑伊在哪裡，就立刻跟我們聯絡。聽公司的人說他是突然跑出去的，一定是出了什麼事。』

並沒有。話說回來，神經病這小子真的是直接從公司衝過來的？真不敢相

1 此處指的是韓國拿針刺破手指放血、緩解消化不良的一種民俗療法。

信。另一個和我一樣不敢置信的人開口說道。

『我們傑伊為了工作，連戀愛都沒機會談，多麼天真無邪啊。他又不可能蹺班和情人跑去玩樂！』

明明只是錄音，我卻忍不住縮了一下肩膀。接著，店經理用鏗鏘有力的聲音附和。

『那是當然的。情人？蹺班？尹理事的字典裡不可能有這些詞彙。』

現在我已經不敢繼續聽下去了，不是因為煩躁，而是有些良心不安。就連聽見愛麗絲社長過分激動的大吼大叫，我也完全笑不出來。

『所以他真的在廁所昏倒了嗎？蛤？』

話音未落，不等我按下停止鍵，手機便忽然被搶走。抬頭一看，發現神經病正露出冰冷的眼神俯視著我。

「你在跟誰講電話？」

幹嘛用那麼可怕的語氣問我？我感到一陣無言，只能愣愣地回答。

「我只是收到了語音簡訊，所以打開來聽。我不可以講電話嗎？」

「不可以。」

他回答得太過理直氣壯，害我忍不住小心翼翼地環顧四周。

「為什麼？這間飯店有規定不能講電話嗎？」

他靜靜凝視著我，過了一會兒才再次開口。

「嗯。」

「……」

「起來吧，我正要來叫你。餐點已經準備好了。」

「喂，你在開玩笑……不對，你是騙我的吧？」

我看著抓住我手臂、將我扶起來的他，犀利地提出疑問。他卻只是拉著我走到與客廳相連的開放式餐廳，顧左右而言他。

「我點了韓式料理，沒問題吧？」

「等等，你剛才是騙我的吧？你不是說你不開玩笑嗎？嗯？」

儘管我語帶憤怒，他卻無視我的反應，逕自拉著我前進。而更令人火大的是他的表情，他看起來好像正在憋笑。平時那麼愛笑，現在幹嘛露出那種表情啊？我本想多質問幾句，可當走進餐廳後，卻只能啞口無言地站在原地。

這到底是幾人份啊？看著擺放在能坐下七八個人的大餐桌上的餐點，我一時有些愣住了。直到他讓我坐下，我的目光依舊離不開眼前堆積如山的食物。就算十個人來吃，也絕對吃不完吧。這些餐點到底要多少錢？這時我才突然想到，這間套房看起來也十分高級，甚至有好幾個房間。

我一邊東張西望，一邊拿起餐具。一聞到食物的香味，飢餓感便瞬間攫住了我的胃。儘管面前菜色豐富多樣，我依然率先捧著熱騰騰的白飯吃了起來。可能是身體過於疲憊，口中的米飯竟意外甘甜美味。隨後，我還吃了肋排肉餅、煎餅和燉魚。當然，我不怎麼挑食，蔬菜也吃了不少。就這樣過了好一陣子，我才發現坐在對面的他一直遲遲沒有動手，只是直盯著我看。

「怎麼了？」

「感覺你吃得很香。」

「肚子餓，吃得當然香了。」

而且一直跟你做愛，害我肚子更餓了。我一邊在內心嘟囔，一邊拿起湯匙時，聽見了他的疑問。

「只是因為這樣嗎？」

什麼意思？我盯著他，發現他雙肘倚靠在餐桌上，上半身朝我靠了過來。

「你不是會抗拒所有舒適的東西嗎？無論安逸、懶惰或奢侈，在我的印象中，哪怕只有一點，你也無法忍受。所以我才刻意挑了最好的房間。」

刻意。我不是聽不出他言中之意的笨蛋，所以他為了欺負我，「刻意」挑了最好房間？因為嘴裡還塞滿食物，我只能用眼神罵他，他卻笑著回應。

「但你為什麼不會感到不自在？」

我一邊咀嚼著嘴裡的食物，一邊盯著他看，而後率先移開目光，繼續默默吃飯。我無法回答他這個問題。是啊，為什麼不會不自在？明明沒有資格在這種地方享樂，不可思議的是，我卻不會對這種狀態感到不安。

以前每年偶然獲得一、兩次休假，我只要躺在床上，便感覺自己成了罪人，整個人喘不過氣。明明置身乾燥的空氣中，卻如同溺水般，無論怎麼張口都吸不到氧氣，就那麼一邊掙扎，一邊沉入水底，最後活活溺死。每當感受到這種恐懼，我便會奪門而出。

不過，就算身處人群之中，我還是無法從海底浮起。這是變得怠惰的我應得的懲罰，所以我並不畏懼。痛苦反而像休息的代價，讓我能再次蜷縮在床上，度過那天假日。

所以，此刻在這種高級場所耽溺於快樂、怦然心動到必須克制，都需要付出代價。可是為什麼……啊，是這樣嗎？之所以沒有不安，是因為知曉自己的結局嗎？因為復仇快結束了，那樣我就會真的沉入海底了吧。

「明明沒有讀出你的心思，我的心情怎麼會這麼差？」

冰冷的聲音將我從沉思中喚醒。我發現自己正在發呆，看著在空中懸滯不動的手片刻，我若無其事地拿起湯匙。

「那只是沒用的第六感。你和愛麗絲的社長不愧是親戚。」

「哈，什麼？」

他無言地反問，臉上罕見地露出不悅的情緒。見此，我反倒有趣地看著他。

「你們是親戚沒錯吧？」

聽見我調侃般的詢問，他好像有些咬牙切齒，下顎微微動了一下。啊啊，原來是這樣捉弄人很有趣，大家才喜歡捉弄小孩子啊。只不過，眼前的神經病當然不會如孩童般哭鬧，甚至開口拉回了話題。

「回答我，為什麼你不會不自在。」

「還能有什麼原因？肚子餓了就吃東西，因為可以睡覺就過來。不管是幾萬元就能入住的摩鐵還是這裡，對我來說都一樣。」

「就這樣？」

他的語氣帶著懷疑，而我不甚在意地點點頭，並繼續說道。

「的確還有另一個原因。這裡的住宿費，我會出一半……你那是什麼表情？」

「我的表情怎麼了？」

還能怎樣？剛才，我在他臉上清楚看見了一閃即逝的眼神和微笑。

「你在嘲笑我。你覺得我連這裡一半的住宿費都付不起嗎？」

「你想多了。沒想到你跟愛麗絲的社長經常見面，就變得比我這個親戚還像他。」

啊，這小子真的是，沒想到居然會被他反將一軍。他和我捉弄他時一樣，眼裡滿是笑意，毒舌地開口。

「你們是真的很常見面吧？」

奇怪的是，這居然比被罵了還令人不爽。和愛麗絲的社長經常見面果然沒好事。我強忍著挫敗感，環視了房間內部。住在這裡究竟要多少錢呢？要一、兩百萬嗎？他似乎讀出了我的心思，開口提醒我。

「你別想出住宿費，繼續吃你的飯吧。」

「我已經吃完了。還有，我會給你一百萬，你之後不准為了住宿費往自己臉上貼金。」

「……一百萬？」

「怎麼？才住一天，應該不會超過兩百萬吧。」

他緩緩彎起嘴角，一副覺得我很有趣的樣子。

「喔，對啊。」

他這麼附和，反倒加深了我的懷疑。他到底為何要那樣笑？我要出一半住宿費，讓他很開心嗎？就在這時，喀啦一聲，他將還沒動過的餐點推到我面前。

「多吃點。」

「不用，我飽了。」

「但還是多吃點。」

他的聲音十分果斷，讓我忍不住再次看向他。

「幹嘛一直叫我吃？我又不是要養大宰來吃的家畜。」

沒想到他卻忽然停下動作。嗯……難道？

「你是怎樣？難道真的帶著這種想法餵我吃東西？」

聽我這麼一問，他厚著臉皮笑了。

「怎麼會？我把你養得像豬一樣又能幹嘛？」

儘管有些懷疑，不過我認為他也沒說錯。他又不可能真的把我宰來吃，難道我真的被愛麗絲的社長傳染毫無用處的疑心病了嗎？

「但你的確有點太瘦了。」

我拿起水杯的手在空中微頓，立刻原封不動地將杯子用力放回桌上。

「就算瘦成皮包骨又關你什麼事？你不是很自豪就算我死了、屍體腐爛了，你也幹得下去？」

明明是不悅的斥責，他的眼睛反而綻出愉悅的亮色。

「你居然記得我說過的話？」

「因為你太像瘋子，我才會記得的。幹嘛？笑什麼笑？」

他的笑容帶著一股無形的壓力，我只能不自在地將上半身後傾，默默避開他的視線。

「看來我得繼續表現得像個瘋子，讓你時時刻刻記得我了。」

記得。幹嘛一直提起這個詞，講得好像這是很重要的事情一樣——希望對方一直想著自己、對自己感到好奇、總是記得自己。

「那你為什麼不笑？確認我有多麼為你瘋狂，你害怕了嗎？」

每次看見他隨著開心神色消失而變得冰冷的目光，他身上那絕非常人的壓迫感就會莫名襲上心頭。可我清楚地知道，那樣的變化並非他的全部，而這點也總是令我脊背發涼。不過，想必其他人也未必能察覺吧，畢竟他臉上總是戴著如面具般的笑容。

「我只是搞不懂。」

我默默咕噥幾句，他感到意外似的歪著頭。

「你指的是我喜歡你？」

他怎麼能那麼若無其事地說出喜歡呢？相較於神經病，我的臉皮真的不算厚。當我得出自己比他好的結論時，他卻用輕描淡寫的語氣拋出了另一個問題。

「還是你喜歡我？」

我微微一愣，又不希望這種反應被他發現，默默挪開了目光。也對，那的確是我搞不懂的事情。隨後，輕吟般的呢喃不知不覺自口中流淌而出。

「愛是不是沒有理由？」

我不知道自己在胡言亂語些什麼，忍不住在內心咒罵自己的反常。媽的，愛什麼愛……

「不，每一種愛都有理由。」

原來胡言亂語的人不只我一個啊。我奇怪地盯著他，而他只是將另一個盤子推向我。

「吃蘋果。」

雙手彷彿脫離大腦的掌控，自顧自又起盤中的蘋果送入口中。即使已經飽餐一頓，在口中蔓延的酸甜滋味依舊吸引著我。

「什麼理由？」

「愛是童年時期經歷的強烈情感連結與缺陷無意識地被遺留下來，並在日後從他人身上發現相同的感受時形成的情愫，不是憑空出現的。」

我咬下一口蘋果，無言地盯著他。

「別搞笑了，我小時候才沒有見過你這種神經病。」

「這是佛洛伊德說的。」

「那是誰？你美國的朋友？」

他的表情愣了一下，緩緩開口回答。

「聰明的奧地利朋友。」

喔，原來他在美國生活，也有交到其他國家的朋友啊。該不會是被那些美國佬排擠了吧？我趕緊收起這世上最多餘的擔憂，將剩下的半塊蘋果送入口中。

「就算是聰明的朋友說的，也未必全是真理。你小時候也不可能見過像我這樣的人。」

「是沒有，但你是唯一有著我從小就缺乏的情感的人。」

「什麼情感？」

「罪惡感。」

這個詞明明已經被說膩了，每次聽到卻依舊讓我喘不過氣。他似乎也知道這個詞總會奏效，每當看見我的反應，笑容都會徹底從臉上消失，就好像這件事讓他產生了某種不悅的情緒。

「雖然無法理解你的罪惡感讓我覺得很煩，但我也會因為自己感受不到而認為那種情感更加崇高。我一方面想擊破，又擔心你像玻璃一樣碎掉。後來我思考了一下，倒不如——」

他說到一半便停了下來，凝視著半空中，一副若有所思的樣子。我忍不住問道。

「倒不如什麼？」

「之後再說，我得留著最後一張底牌。」

「你還是留著對付金會長吧。」

——在你一敗塗地、變成窮光蛋之前。

後面這句話我忍住沒說，但我的擔憂似乎全寫在臉上了。他噗嗤一笑，順勢站起身。

「吃完飯後，你想做什麼？」

「想休息，我累了。」

「好，一起休息也不賴。」

我認為他是在轉移話題，於是再次開口詢問。

「你真的有留一手嗎？」

「你不是也有嗎？能夠摧毀宋明新的底牌。」

什麼意思？我一頭霧水，眨了眨眼睛。

「不，沒有啊，就只有你看到的這些。我不像你有那麼多張牌，我不是說了嗎？這是唯一的機會，我一定要讓它成功。」

「別擔心，會成功的。」

那你呢？你也會成功嗎？雖然有點傷人自尊，我卻止不住地擔憂，又始終沒將這些話說出口。只不過，似乎還是瞞不過他。

「還有另一間寢室，到那裡休息的話……媽的，你不是說累了？」

他突然飆出髒話，快步走到我面前，抓住我的肩膀。

「那你就不該用那種眼神看我。」

「我的眼神怎樣……呃！」

話才說到一半，我突然被他拉了過去，嘴唇也被粗魯地封住。在急不可耐的、讓人幾乎無法呼吸的一吻過後，他抬起頭，抱怨似的咕噥。

「還能怎樣？就是要我占有你的眼神啊。」

叮，告知我已抵達目的地的電梯提示音響起。雖然只是移動短短幾層樓的距離，我依然靠在牆上，勉強睜開一直閉著的眼睛。身體沉甸甸的，之前不眠不休做苦工時，我的身體也沒有這麼痠痛過。神經病這小子居然一直做到半夜還不休息，媽的。

我一邊在內心咒罵，一邊走出敞開的電梯門。這間飯店辦理入住手續的櫃檯在一樓，神經病卻是上來這裡另外領取房卡。我記得小櫃檯前面有個員工，一看見我，他便向我鞠躬問候。我也和他問好，並說出自己來到這裡的目的。

「我需要衣服，請問哪裡可以買到T恤？」

就在我正打算告知房號時，他彷彿早有預料般，笑著向我說道。

「您只要指定好品牌與款式，我們就會為您採買過來了。」

「只要是黑色T恤就好，挑便宜一點的，最便宜的那種。」

「好的，我們早上會送到您住的套房。您還需要其他東西嗎？」

現在已經半夜兩點多了，他們要去哪裡買啊？我感到有些困惑，但仔細想想，他們總會有辦法吧，於是搖了搖頭。

「不，不用……」

「咦？李泰民？」

背後突然有人叫了我的名字。儘管未見其人，但只憑聲音，我立刻知道是誰了——車中宇？轉頭一看，果不其然，一個挺拔的身影正錯愕地站在那裡。

「哈，什麼嘛？真的是李泰民耶。你為什麼在這？」

——那是我要問你的吧。

「那你又為什麼在這裡？經紀人以為你到外地當志工了。」

被我這麼一說，他臉上立刻顯露出不耐煩的情緒。

「我有在認真做，別擔心。」

「既然有認真做，就不該到飯店閒晃吧。經紀人為了替你善後，不知道耗費了多少心力。」

我沒好氣地念了幾句，他馬上飆出髒話。

「喔幹，我也很辛苦啊。而且那個經紀人雖然一臉笑咪咪的，卻一直碎念個不停。他本來就那麼嘮叨嗎？」

「不，完全不會。」

「……就只會針對我。」

他一邊發著脾氣，一邊再次小聲咒罵。要不我還是直接揍他一拳算了？

「那是你罪有應得，他才會一直對你嘮叨吧。如果對經紀人不滿，你儘管告訴我，我很樂意奉陪。」

說完後，車中宇的表情瞬間微妙了起來，一臉不可思議地看著我。

「那個經紀人明明很普通，你卻非常袒護他呢。」

「有個曾經拿高爾夫球桿揮向經紀人的王八蛋待在他身邊，任誰都會袒護他吧。」

「幹，你說話小心點。」

「你才要小心，別又被記者發現。」

聽見我不客氣的反駁，他噗嗤一笑，抬眼環顧四周。

「別擔心，我來的路上都沒被發現。而且這裡是行政酒廊，不會有人跟過來。再加上這裡的員工都接受過專業的培訓，口風很緊。」

我不太清楚行政酒廊是什麼，但高級套房的貴賓似乎有別於其他旅客，會另外安排服務人員進行接待。怪不得神經病會在這裡辦理入住手續。也對，一晚要價一百萬元以上的房間，確實是該如此。

「對了，你怎麼在這？」

被他這麼一問，我頓了一下，刻意裝作若無其事地開口回答。

「連你都可以待在這裡了，我不能在這嗎？」

他噗嗤一笑，嘴角再次微微抽動。

「我是臨時被我們理事長叫來的……等等，原來你真的有金主？」

他像突然發現什麼祕密似的，驚訝地瞪大雙眼看向我。該死。我一邊在內心咒罵，一邊轉過身。

「不用你管，去找你的理事長吧。」

「我提早到了，所以還有時間。你等一下，我要問你關於尹理事的事。」

尹理事？我腳步微頓，他指向行政酒廊的沙發，開口說道。

「我去拿房卡，你先別走，等我一下，好嗎？」

即使沒理由配合他，我仍十分好奇他想問關於尹理事的什麼事，所以並沒有離開。我背靠在沙發上，暫時闔上眼睛。好睏。撇開身體的疲憊不說，現在已是三更半夜，神經病應該還沒醒吧？希望他還在睡，我不想再被他誤會成逃跑了。在默默等了一段時間後——

「喂，我說你……」

聽見車中宇的聲音從極近的距離傳來，我睜開眼睛抬頭仰望他，發現他正帶著微妙的表情凝視著我。

「幹嘛？」

「你的對象是男人吧？女人不可能留下那種痕跡。」

痕跡？噢，靠，神經病。我拉緊鬆開的浴袍，讓它緊緊貼在脖子下方。只見車中宇一屁股坐到我旁邊，眼神充滿好奇。

「我很好奇你的對象是誰。」

「你先告訴我，你想問尹理事的什麼事。」

我不想和他閒話家常，於是直接切入正題。一說起尹理事，他的表情立刻變得殺氣騰騰。

「喔，尹理事。幹，那小子現在怎麼樣？」

「……現在？喔，應該在睡覺吧。」

我的聲音不自覺有些緊張。幸好車中宇沒發現異樣，只是覺得我過於單純般大笑了幾聲。

「哈哈，這個時間他當然在睡覺了，你真可愛。」

「什麼？」

儘管我一臉不耐煩，他依舊沒有收起笑容，反而如同對待孩子般開口解釋。

「我問的不是這個，我是問他在公司怎麼樣？」

那應該要說「最近」吧？為什麼要說「現在」？害我嚇了一跳。

「聽說夢想企劃的事讓他被逼入絕境，但他應該還是老樣子吧？」

「我沒在公司遇見他，不太清楚。」

「也對，像你這種練習生，大概一輩子都不可能遇到他。我想說你在夢想可能有聽見一些風聲，所以才想問你的。」

我默不作聲地移開目光。唉，白留下來了嗎？

「你好奇的就是這件事？」

「我怎麼想都覺得奇怪。」

他低聲喃喃自語，隨後便看著我壓低聲音繼續說道。

「我告訴你一件有趣的事，當作我們在這裡相遇的紀念吧？」

「不需要。」

「哈哈，你還是老樣子。你知道你這種有趣的反應，會讓我更想告訴你嗎？」

我因為不需要而拒絕，到底哪裡有趣了？這小子簡直莫名其妙。不知為何，他看著我的表情，再次噗嗤一笑。

「哎喲，眼神真是凶狠呢，好可怕。」

這個臭小子。我徹底板起臉後，他作勢舉手投降。

「好啦，好啦，我就直接告訴你有趣的事吧。在那之前，我先跟你透露叫我來這裡的理事長是誰，你知道了一定會大吃一驚。」

「我不需要知道，也不會大吃一驚。」

霎時間，他的眼裡倏然綻放異彩。

「你還是跟之前一樣興致缺缺耶。會這樣講的人，通常都是為了討好我才忍住好奇，但我看得出來，你是真的不感興趣。」

因為一直受到關注，反而覺得對他的話無動於衷的人很神奇嗎？他就那麼盯著我看了一會兒，不知為何，那目光令人有些不舒服，我忍不住開口碎念了一句。

「如果只是要講廢話，你就閉嘴吧。」

「好，既然你說不需要知道，也不會大吃一驚，那我就長話短說吧。我們理事長是個相當有權有勢的人，此前我因兵役問題而陷入絕境時，也曾向她求救過。」

就算理事長是擁有星徽的將軍，也幫不了你那件事吧？

「當然，我並不是要理事長幫我搞定兵役問題，我知道那個大嬸也拿這件事沒轍。不過，我曾拜託她向把我關在家的公司——確切來說是尹理事施壓。」

意料之外的話題，讓我忍不住豎起耳朵。

「公司又沒有把你綁在家裡。」

「他說如果我不閉上嘴安靜窩在家，就要讓我一輩子都只能以姓氏的英文縮寫，登上三流的八卦雜誌，像個被拋棄的傀儡。那對我來說，和坐牢根本沒什麼兩樣。」

他滿腔憤怒的語氣，莫名和神經病的聲音交疊。

——車中宇等級的頂級明星？我敢保證，兩年內我就可以把你捧到那個位置，因為這樣的傀儡在這個圈子裡多的是。但不清楚這點，又沒長腦袋的傢伙，時常會不小心忘記自己的處境。明明只是個傀儡。

我也不自覺地開口咕噥。

「原來尹理事是這麼說的。」

「對，你可能不知道，但他是面帶笑容、輕描淡寫說出來的，而且語氣懶洋洋又惹人厭。」

喔，對，沒錯，惹人厭。

「再加上他的笑臉有夠好看……幹，那小子還有酒窩。明明不是藝人，長那麼帥幹嘛？」

酒窩……的確很可愛，媽的。

「我被監禁的期間，雖然是在等公司聯絡，一方面也是在等理事長與我聯繫。我心想即使是無理的請求，也一定會成功，畢竟在我的認知中，只要理事長動用權力，完全有辦法處理掉娛樂公司的一個幹部。」

「處理掉？」

「嗯，對。」

他輕描淡寫地附和，上半身在沙發陷得更深。

「我要她修理尹理事，讓他在公司沒辦法動用權力。就算身為理事，畢竟不是公司老闆嘛？如果地位更高的人出手整治他，他肯定不敢造次了。」

但車中宇最終還是在尹理事給的合約上簽了名，這就表示……

「殊不知，理事長那邊完全行不通。」

似乎回想起當時的情景，車中宇的眼神頓時變得黯淡無光。這時我才終於理解他為何會乖乖簽名——並不是我用精品雜誌挑釁他，也不是經紀人遊說成功，而是他的一切退路都被徹底封鎖，再也無處可逃。

「那時理事長反而勸我向尹理事低頭，乖乖加入他的麾下。她沒有透露原因，不過，既然能讓那個大嬸這麼說，就表示尹理事的後臺非常硬。」

後臺？難道是他深藏不露的底牌嗎？我的大腦飛速運轉，與此同時，車中宇也繼續說道。

「還記得我先前給你的忠告吧？要你小心尹理事。那小子現在雖然腹背受敵，但絕不可能輕易倒下。我親眼見證過這點，你可以相信我。也就是說，假如你想爬到更高的位置，絕對不可能避開尹理事。」

別說閃躲了，如果能不繼續被他糾纏，我就該為此感到慶幸了呢。

「所以你要我怎樣？」

「你覺得呢？要是遇見尹理事，你能做的只有兩件事——看是要放低身段對他唯命是從，或是找個超硬的後臺與他為敵。」

這是什麼爛忠告？我感到一陣無言，忍不住回嘴反駁。

「兩件我都不做。」

「那你就讓尹理事被你迷得神魂顛倒、為你掏心掏肺吧。」

「……」

「但那個沒人性的傢伙只有一副鐵石心腸，絕對不會為別人付出。對尹理事來說，沒有比工作更重要的事。」

我像個嘴巴被膠水黏住的人，什麼話都說不出口，而他繼續自顧自無奈地笑著開口。

「哈，他就算有了愛人，也會只顧著加班，不跟對方見面吧？他絕對不會拋下公司不管。」

嗯……畢竟我不是愛人。

「所以是誰？」

「什麼？」

「被你迷倒、甚至還訂了這種高級房間的人。」

我臉上面無表情，目光卻挪向一旁，悄聲呢喃。

「某個沒人性的傢伙。」

「什麼？哈哈哈，你滿幽默的耶。」

我無言地望向什麼都不懂、笑得一臉討人厭的他。

「別胡說八道了，而且訂那間房間的人並沒有被我迷倒，絕對沒有。」

在我強烈否認後，他臉上的笑容倏然消失，轉變成一種微妙的神情。

「你是怎樣？」

「什麼？」

「你對現在的對象有意思嗎？喂，醒醒吧，最愚蠢的行為莫過於對金主交付真心。你就當作是在沒有攝影機的地方演戲，反正對方的外表大概也不怎麼樣。」

要是外表不怎麼樣反而還比較好。我在內心嘆了口氣，站起身。當我準備徑直離去時，車中宇突然跟著站了起來，一把抓住我的手臂。

「喂，李泰民，你等一下。」

「放手。」

我揮動手臂，將他的手用力甩開，只見他踉蹌退後一步，驚訝地看向自己的手。

「哈，你有在健身嗎？力道強勁、力氣也很大，但……挺可愛的。」

唉，真的是。怎麼到處都有人對我胡說八道啊？

就在這時，他忽然出人意料地向滿臉不耐的我出言提醒。

「你很快就會厭倦了。」

我像在詢問「什麼」般盯著他，而他也認真地給出建議。

「我指的是做這件事。就算沒有攝影機，演戲還是一件非常勞心費神的事，而且願意撒錢的人通常比導演更加敏銳，能夠神準地看穿他人的真心。如果你想長久地住在那間房間，就需要其他宣洩的窗口。」

「不用了。」

「唉，你這樣真的不行。你還不懂我的意思嗎？我是勸你跟擁有誘人外表和身材、真正令人血脈噴張的對象享受看看。」他望著我，繼續說道，「譬如我。」

什麼？此情此景簡直荒謬到我都要笑不出來了。這傢伙到底在說什麼鬼話？

「我本來對男人沒興趣，卻莫名想和你玩玩。」

他目光低垂，瞄了我的浴袍內側一眼，然後壓低音量對著我耳語。

「如果你喜歡被吸，我可以吸得更大力。」

我現在連生氣都提不起勁了。比起生氣，我反而更加困惑。難道我看起來很好欺負嗎？我自認為混得還算不錯，應該不至於被別人瞧不起，但為什麼大家都一直對我發神經，覺得我會答應這種荒唐的請求？我頓時有些懊悔，是我這五年來太過安分守己，如今才會落得如此下場嗎？

「我入伍前會跟你聯絡，你一定要接。」

他一邊笑著，一邊沿著我的手臂往下摸，而我只是愣愣地望著他的手，隨後才慢半拍似的朝他走近一步，一把揪住他的衣領。他比我高，不過這個動作更適合個子較矮的人，在這個高度，要劃破對方脖子也十分順手。只見他眉頭緊皺，試圖掙脫眼前的窘境，但我沒有鬆手，反而扯著領子將他拖到面前。慌亂中，他伸手想將我一把推開，我卻反手箝制住他的手腕，迅猛的力道似乎讓他嚇了一跳，忍不住睜大眼睛驚恐地瞪向我。我沒有錯過他分心的瞬間，原本抓著衣領的手迅速轉而掐住他的脖子。

「呃！」

突如其來的窒息感讓他發出一聲痛苦哀號，原本煞白的臉色也瞬間漲得通紅。我對他淺淺一笑，好言相勸般開口。

「幹嘛還要等你聯絡？現在就來啊。你拿到房卡了吧？你可以在那位厲害的理事長面前，讓她看到你像狗一樣趴在那裡被男人幹。」

「你這傢伙……呃！」

車中宇艱難地想將我的手撥開，見狀，我只是更用力地掐緊他的脖子。如熟柿子般的橙紅在兩頰迅速蔓延，無法掙脫束縛的恐懼化為驚慌的神色在他臉上倏然炸開。我直視著他的眼睛，狀似親切地開口。

「雖然沒健過身，但我很擅長玩刀，如果你不想人頭落地，最好給我低調點，乖乖聽經紀人的話，別太放肆。」

規勸他的同時，我一把將他用力推了出去。

「咳咳，咳，幹……咳咳。」

我丟下一邊咒罵、一邊咳嗽的他，離開了行政酒廊。

唉，結果就只是白白浪費時間嘛。

我以為自己在行政酒廊沒待多久，沒想到已經過了二十分鐘。我猜神經病應該還沒醒，於是小心翼翼推開門走進房間，但在踏進門前，一陣徐徐吹來的微風讓我倏然愣在原地。我記得離開前房間的窗戶都已經關上了，也就是說……

我繼續邁開短暫停下的腳步。在短短的走廊盡頭，神經病正倚在寬敞客廳的窗邊。興許是背靠那片巨大的落地窗，此刻的他好似站在一片遼闊的夜空下。也不曉得眼前的景象觸動了哪根神經，讓我不禁回想起在夢想天臺見到他的時刻。

那時作夢也沒想到，神經病居然會僅穿著一件浴袍，在飯店裡等我。啊，那火冒三丈的眼神倒是跟當時差不多，可惡。我努力無視他緊盯著我的目光，走到沙發旁坐下，開口先發制人。

「我沒有逃跑。」

「我知道。」

那幹嘛把氣氛營造得那麼可怕？他明明只是緩步走到我身邊，我卻像屏息看著恐怖片裡逐步逼近的殺人魔般寒毛直豎。當我想再次聲明自己只是去訂T

恤時，轉頭便看見了他夾在指間的白色香菸。

「這裡不是禁菸嗎？」

「我知道，所以我只是拿著。」

語畢，他嘴角綻出一抹嘲諷般的微笑。我瞬間有點不爽，於是也斜眼看向他。

「幹嘛？」

「我只是很好奇，你是從什麼時候開始變得那麼循規蹈矩了。」

「我本來就會遵守這種事。」

「你敢拿刀抵著債務人的脖子，卻願意嚴守規則，不在禁菸區域抽菸？」

嗯，倒也沒那麼嚴格遵守。現在回想起來，我好像也是想抽就抽。不過，他明目張膽的嘲笑實在令人十分火大。

「現在有遵守就沒問題了吧？」

「不，那就是問題所在。」

「什麼？」

「你現在連這種微不足道的規矩都願意一一遵守，並不是你變成了一個追求道德的人。無論束縛你的是規則、法律，還是其他什麼，對你來說都是一種懲罰，這才是根本原因。」

有時候，他陳述事實般的嘲諷幾近殘忍。不過他說得沒錯，我並沒有成為一個道德高尚的人，我只是在壓抑那些會讓自己感到舒適的一切。

「所以你要我在這裡抽菸嗎？」

「那樣反倒還比較好，叛逆的你應該很有趣。」

他聲音冰冷，臉上不帶任何一絲笑意。彷彿為了忍住菸癮般，白色香菸熟練地在他指間來回轉動。先前他在愛麗絲的天臺上，不也是含著棒棒糖嗎？自己明明同樣遵守規則，為什麼總是找我的碴？是因為我半夜偷偷溜出去，就故意這樣對我……幹，原來是故意找我麻煩啊。我努力忍住煩躁，斜眼瞪他。

「你那麼喜歡叛逆的話，就自己抽吧。我可以叫其他人過來好好欣賞。」

「你在這間飯店有可以叫來的人嗎？」

畢竟剛剛才遇到車中宇，被他這麼一問，我一時有些愣住了。他緊盯著我，冷漠地問道。

「怎麼？因為你要跟車中宇幽會，所以做不到嗎？」

搞什麼啊？不是說行政酒廊的員工口風很緊嗎？這時，他的手忽然伸向我，突如其來的舉動讓我嚇了一跳，頭也不自覺地微微後仰。

「幹嘛躲開？搞得好像你真的跟車中宇幽會了一樣。」

「誰跟他幽會了？我去了趟行政酒廊，就莫名其妙碰到他，我也嚇了一跳。」

「聽說你們聊得很親暱？」

他的手環住我的脖子。明明沒怎麼用力，我卻彷彿被緊緊扣住般動彈不得。不想被他發現自己不自然的反應，我只能將目光移回前方，小聲咕噥。

「是要多親暱，才會聊到抓住對方衣領？你沒聽說嗎？」

「你幹嘛抓他的衣領？車中宇說他對你感興趣？」

霎時間，車中宇的胡言亂語在腦中一閃而過，我慢了半拍才開口回答。

「沒有。」

「看來那傢伙真的對你出手了？」

他低沉的聲音雖然溫柔，卻令人忍不住起了一身雞皮疙瘩。

「我算哪根蔥啊，還對我出手？他可能只是喜歡隨便對別人胡說八道吧。」

「為什麼大家都不知道他有那種興趣，只有你知道？」

「我哪知……你在吃醋嗎？」

我後知後覺地反應過來，猛然轉頭看向他。他沉思片刻，目光直愣愣地望向半空中。

「對耶，是吃醋嗎？我也是第一次經歷。」

第一次。這又不是什麼大不了的事，為何我會感到如此開心？我的目光無法從他臉上移開，直到他再次轉頭凝視著我，我才作賊心虛似的迅速迴避他的視線。

「怎麼？我吃醋，你很開心嗎？」

「別搞笑了。車中宇那種人，我自己就有辦法搞定，是你自己多管閒事。」

「你就是心腸太軟，才沒辦法好好修理他。」

說什麼屁話？我向來被人評價做事心狠手辣耶。我感到一陣莫名其妙，而他繼續問我。

「你聽見車中宇胡說八道以後，是怎麼修理他的？打斷他幾顆牙齒？」

不是吧，誰會因為聽別人胡說八道幾句，就打斷人家牙齒……等等，這才想到，第一次在天臺見面時，他因為一點誤會，就不分青紅皂白直接對我拳腳相向。

「你每次都打斷別人牙齒嗎？」

他理所當然地表示肯定，並親切地告訴我幾個例外。

「除了你和宋明新。」

「為什麼明新是例外？」

「他是你的獵物啊。」

哈。我忍不住噗嗤一笑。撇開這點不談，不對自己旗下演員動手才是正常人該有的反應吧？

「我該感謝你把明新留給我對付嗎？」

「你又一直叫他明新了。」

環著後頸的手掌微微收緊，我的身體不自覺地跟著緊繃。

「是你先提起那個名字的。」

「從你口中說出來就不一樣了。我看在他是你獵物的分上，放了他一馬，後來卻一直後悔，真想立刻衝去將他狠狠修理一頓。」

「……」

「你察言觀色的能力進步了，現在不會制止我了。」

那是因為你太可怕了。以前我們曾經進行過類似的對話，當時的我還能信誓旦旦說要自己處理、叫他別插手，現在卻連一句話也說不出口。有時我會從他身上感受到人類出於本能的、最原始的恐懼。難倒是我瘋了嗎？總感覺他是那種會面帶笑容、毫不留情痛下殺手的人。

「宋明新不值得你耗費那麼多心思，你也不用擔心車中宇的牙齒健康，反正那傢伙要去當兵了，不用對他動手。」

「在軍中反而更適合動手。」

你又不會和他一起入伍，是在說什麼傻話？我無言地盯著他，他卻輕描淡寫地說道。

「在軍中就算拿槍斃了他，也能夠偽裝成意外，再適合不過了。」

「……有必要因為他隨口胡言亂語，就拿槍指著他嗎？」

「要趁他跑來騷擾你之前，狠狠修理他一頓。」

他溫柔地說著，大拇指輕撫著我的肌膚。

「別擔心，我不會跟他一起入伍的。你擔心車中宇沒命嗎？」

「不管是誰死了，我都不在乎。」

「如果是宋明新，你就會在意了吧？」

「當然了，我必須復仇，要是明新……」

我停下不語，默默朝他看了一眼。只見他撇了撇嘴，不耐煩地催促道。

「繼續。」

這樣也要吃醋嗎？我感到惴惴不安的同時又有些惱怒，一度想不管不顧地提起明新的名字，最終卻只是保持沉默。其實，他吃醋的反應我並不討厭。我面對神經病一向如此，即使是負面情緒，也和我從其他人身上感受到的截然不同。就好似唯有透過尹傑伊，我才能體會到那不同於以往的、全然陌生的情緒。就像此時此刻，儘管他的行為令人煩躁，我的心臟依舊不受控制地怦然作響，想要觸碰他的欲望也越發強烈。我轉過頭，小聲咕噥。

「要是明新死了，我會很空虛吧，因為復仇忽然就結束了。」

「李宥翰。」

「就只是這樣而已。」

我簡短說完，伸手碰了碰他纖長的手指。他沒有動作，多虧如此，我能夠欺騙自己這只是個玩偶，可以繼續撫摸。從第一個指節、第二個指節，一路觸碰到指尖，像走在一條蜿蜒的道路上。他的手是如此溫暖，那股讓我知道他不是玩偶、而是活生生人類的溫熱，似乎總會填滿我空無冰冷的內心。

「你不睏嗎？」

我沒有看他，只是逕自發出疑問。片刻過後，我聽見了他的回答。

「對。」

「我有點睏，也有點累。我一早就得出門，現在去睡應該還能休息幾個小時，但我不怎麼想睡。」

隨後，他問了句「為什麼」。儘管答案立刻在腦中浮現，我卻無法宣之於口。感覺這一刻錯過就不再有了。

「沒什麼。」

我簡短咕噥後，翻過他的手，將自己的手掌覆於其上。明明距離心臟十分遙遠，依然能感受到脈搏怦怦的搏動。我喜歡那種顫動，不想鬆手。

「我可以這樣嗎？」

我慢了一拍才發現，自己不小心將內心的想法說出口了。我沒有得到任何回應，掌心底下的溫熱也沒有任何動靜。他遲遲沒有動作，好似在等著我自己從他手中逃脫。

「有什麼不可以？我也是工作到一半衝出來的。」

還真的是衝出來的啊？我好像稍微能理解愛麗絲的社長反應為何那麼激烈了，他先前明明是個工作狂啊。聽到他親口這麼說，感覺真奇怪。溫柔平緩的聲音與點亮昏暗室內一隅的微弱燈光，更加深了這種微妙的感覺。不，或許是他緊貼著我掌心的、炙熱跳動的脈搏，正不斷溫暖著我。

「對我來說工作固然重要，但我總有一天得統統放下。一切世事於我而言皆是如此，退一步就海闊天空了。要是你不願意退後，至少要記得身後還有可以後退的空間。」

說著，掌下溫熱倏然將我包裹。我不自覺想將手抽開，他卻握得更用力了。

「我的意思是，你要讓自己有機會喘口氣。你不也要呼吸才能活下去？你可以這樣。」

如同陳述事實的冷淡聲音，和安慰的話語不太搭，但這已是他能給予的、最體貼的回應了。我沉默片刻，將否定的答案吞回腹中——不，我不能這樣，我沒有資格。

「如果不想睡覺，你想和我一起做什麼？」

我的目光瞥向時鐘。現在是凌晨兩點十五分，因為一早就得離開，沒剩多少時間了。我莫名有股衝動，想在那短暫的幾小時中，徹底放鬆休息。我起身跨坐在他的膝蓋上，直視著那雙逐漸深邃的黑色眼睛，緩緩低下頭。嘴唇相觸的剎那，他口中溫熱的氣息便與我的輕喘相互交融。親吻緩慢而甜美，他沒有出聲催促，只是伸手脫下我的浴袍。

「我……哈啊，我自己脫。」

我制止了他的動作，自己褪下浴袍，再解開褲頭的鈕釦。室內冰涼的空氣沾染肌膚，帶起一陣戰慄。方才刻意放緩的親吻似乎被徹底遺忘，我一邊脫下褲子，一邊急切地尋找他的唇瓣。

「慢慢來。」

他撫著我的後頸，輕聲呢喃。我身形一頓，並非是遵從他的建議，而是某些記憶片段倏地自腦中浮現——他的聲音，和他說的那句話。五年前，在我戴著滑稽的布偶頭套、急不可耐地騎到他身上，把性器放入體內時，他也對我說過同一句話。

——慢慢來。

原來是他，真的是他。

「怎麼了？」

「只是很喜歡你的聲音。」

我含糊其辭的回答，讓他低笑出聲。

「喜歡的話，我繼續說給你聽。說你想聽的。」

我想聽的。我愣愣地咕噥。

「那就說一些輕鬆而無用的廢話吧。」

如氣音般小聲要求的唇瓣再次與他緊緊相合，他挑開我的雙唇，將溫熱的舌頭伸進口中攪弄。

「你先自己動手吧，這樣我就能說一堆廢話給你聽。」

哈，又在說什麼鬼話？看見我無言的表情，他好心似的開口說道。

「要我幫忙嗎？」

「不用了，繼續說你的廢話吧。」

他忍不住輕笑出聲。這短促的笑聲，在這個夜晚不斷反覆出現，但無論聽到幾次，都會讓我不由自主地心跳加速。

「頭靠在我肩膀上。」

我聽從他的指示，將額頭靠在他的肩上，伸手握住自己的性器。坐在他腿上自慰實在羞恥又滑稽，不過，耳邊傳來的沉穩聲音，卻讓一切變得截然不同。

「我大學的時候，有個朋友非常喜歡某部法國短篇小說。他一天到晚不斷提起，把整部小說的劇情背得滾瓜爛熟，聽得我都快煩死了。」

半勃的性器在手掌的撫摸下逐漸硬挺，這看似簡單的動作，卻讓我的呼吸不受控制地急促起來。

「因為小說的劇情和星星有關，他也常向我描述星星的美麗，可我卻無法產生共鳴。」

他停頓片刻，吻了吻我的脖子。輕喘不斷自口中溢出，快感在手掌的套弄下層層疊加，與此同時，他的嘴唇從仰起的頸項一路來到赤裸的肩膀，不斷啃咬著我的肌膚。不間斷的刺激讓意識逐漸朦朧，載浮載沉的大腦卻依然記得他未竟的話。

「哈啊……為什麼？」

「因為星星太搖遠了。我們看見的絢爛光芒，全都來自星辰遙遠的過往。居然要讚美此刻可能已經不存在的星宿，不覺得很可笑嗎？宇宙雖然令人驚奇，對我來說卻僅此而已。」

他語速緩慢，嘴唇也隨之挪到我耳邊輕輕舔吻。

「讚嘆或沉迷於遠古時期已然消逝的光輝，根本毫無意義。」

他一邊說著，一邊將手覆在我的手上。突如其來的刺激讓我忍不住倒抽了一口氣，身體不由自主地淺淺掙扎。直到他完全握住我的性器開始套弄，我才顫抖著身體，再次將頭靠上他的肩膀。來自他人的刺激，總是讓我無法自拔地沉醉其中。興奮和快感麻痺了大腦，即將射精的渴望在滾燙的性器上堆疊凝聚。

啪、啪、啪。

如同我的期待，被體液沾濕的手掌快速套弄著我的性器，瀕臨高潮的快感讓我屏住呼吸，不由自主地發出呻吟。

「哼嗯……」

大腿如抽搐般顫抖，白濁的體液也隨之噴灑而出。我將額頭更深地埋進他的肩窩，短暫沉浸於射精後支配全身的痠軟之中。不過，在後穴徘徊的手指讓我不得不再次抬起頭。沾著精液的手指在穴口游移片刻，便徑直插了進來。呃——身體瞬間繃緊，我忍住呻吟，思緒一片混沌，耳邊傳來我以為早已結束的話題。

「但我也很好奇他的感受，所以不久後，我去了一個能看到許多星星的地方。」

他再次停下不語，繼續用手指擴張我的後穴。沒過多久，第二根手指便伸了進來。儘管此前已無數次吞下他的性器，異物入侵的感覺仍異常鮮明。他的聲音低沉而平緩，唯有透過那急切探入的手指，才能意識到此刻的他並不如外表那般從容。而那在我腿根處怒脹的性器，就是最好的證據。

「腰抬起來。」

發出命令的同時，他亦扶起了我的腰。感受到炙熱的性器抵住了我的身後，我跪在沙發上，伸手用力抓住他的肩膀。

「不用了……我來就好。」

熟悉的輕笑再次傳來。我握住他的欲望，對準自己的後穴。要將如此碩大的性器放入體內，需要克服一些恐懼。他傲人的尺寸令人抗拒，但被填滿的渴望讓我咬緊牙關，緩緩吞下已經濕潤的頭部。

一開始總是令人喘不過氣。儘管知道只有龜頭插進來就停住了，我還是沒辦法繼續動作。我喘了幾下，努力放鬆身體。他沒有開口催促，手卻來回撫摸著我的腰和屁股，焦躁的情緒彷彿透過撫摸一併傳來。感覺再這樣下去，他會直接不管不顧抓著我往下壓。我努力將身體又往下些許，粗長的性器瞬間將後穴填滿。

「放輕鬆，才進去不到一半。」

媽的，幹。因為他的挑釁，我直接整個人一坐到底。靠，太大了吧，而且也插得太深了……炙熱的性器瞬間塞滿狹窄的通道，讓我一時動彈不得。而他的耐心似乎也瀕臨極限，扣在腰部的手掌不住用力，試圖開始動作。

「嗯……你不要動，都說了讓我來。」

這次他也只是笑了笑。我撐著他的肩膀緩緩把腰往上抬，性器自體內拔出，青筋在柔軟的內壁上刮蹭，彷彿要將大腦融化的酥麻猝然綻開，沿著脊背躥升而上。脹痛與被撐開的壓迫感幾乎讓我喘不過氣，但被欲望支配的身體仍緩慢地開始動作。他似乎對我的速度不甚滿意，但還是放任我自由發揮。

「所以說，哈啊……你看到星星了？」

想起方才說到一半的話題，我輕喘著開口。滾燙的性器摩擦著敏感的軟肉，電流般陣陣傳來的快感迫使我只能專注於他的動作。撐在胸前的手指不住收緊，我能感受到他的胸膛在我的掌心下明顯地起伏。

「嗯，一直……看了，呼，好幾個月。」

低沉而沙啞的嗓音自他口中傳來，儘管不像我一樣劇烈喘息，但隨著我的動作，他的呼吸也明顯地急促起來。重覆的動作逐漸麻木了疼痛，被欲望浸染的身體好似知道該如何追尋快樂，每當性器頂入，顫抖的腰便會微微前彎，好讓性器能頂到那個帶來快樂的位置。

碩大的性器毫不留情地攻城掠地，要命的快感在體內爆發。啊，好爽，媽的。即使伴隨疼痛，這份快樂依舊讓人難以自拔，讓我不由自主地在他身上扭動。不過，我的速度依然有限。

「怎麼樣？」

聽見我咕噥般的詢問，他又輕輕咬了咬我的耳垂。

「果然是一段輕鬆而無用的時間。」

我在內心無奈地笑了笑，口中卻不由自主發出呻吟。他的手牢牢禁錮著我的腰，忽然往上用力一頂。

「哼呃！」

「哈啊，幹，不過有時候——」

他的動作快速而強勁，我方才的努力完全無法與之相比。肉體碰撞的啪啪聲不絕於耳，被徹底占有的身體也隨之搖晃。

「哈啊！慢點……啊！」

「有時候，哈啊，我如果上到天臺，哈，就會看一下星星。」

他的喘息逐漸粗重。我沒有詢問他這麼做的理由，卻好像隱約知道原因。我們不再開口交談，彷彿世上僅剩這場性愛般，混沌的意識只能感受到身後不斷累積的刺激和快感。

很長一段時間，室內僅有肉體撞擊的聲響與我們的喘息相互交錯。我敞開的雙腿勾著他的腰，斷續開闔的嘴發出哭泣般的呻吟，腦袋明明被快感占據，可奇怪的是，比起沉浸於肉體歡愉，另一種難以形容的感覺卻莫名油然而生。

大概是國小的時候吧。我第一次和朋友們去游泳池，大家都會游泳，只有我不會。因為不想被人發現，便假裝自己不是第一次游泳，徑直衝進池中。在高至胸口的水中，即使腳搆得到地板，行走也十分不易。

身體在蕩漾的水波中載浮載沉，彷彿隨時都會被捲走的感覺令我十分害怕。儘管內心被水帶來的恐懼籠罩，我還是若無其事地跟朋友一起潛到水面下。後來，勉強壓低的身體忽然腳下一滑，整個人不受控制地沉入水底。窒息感瞬間襲來，求救的驚呼化成一連串浮向天際的泡沫。手腳痙攣般在無盡的恐懼中掙扎，忽然間，一隻手猛然將我的背往上一推──

然後我就浮到了水面之上。

映入眼簾的是一整片湛藍的天空，如同跌進鬆軟的雲朵，身體在蕩漾的水面上載浮載沉。即便馬上就被抓住我的大人抱起，那不到一秒的、漂浮在水面的瞬間，依舊深刻地烙印在記憶之中——那是在恐懼中感受到的悸動。現在，我好似又回到了那一刻，回到了睽違五年的、短暫的剎那。

「哼呃……啊！」

在我不知道是今天第幾次射精後，他奮力挺動的身體微微一顫。我的頭再次靠在他肩上，努力平復自己的呼吸。溫熱的嘴唇深埋在我的頸側，啃咬般吮吸著我的肌膚。我累到連叫他不要留下痕跡都沒辦法。不過，當疲憊的身體再次跌進沙發，我才驚覺這場歡愛還沒結束。

「……喂，我睏了。」

「沒關係，這樣還是能做。」

靠。我在內心嘟囔著，卻沒有制止再次欺身而上的他。身體漂浮在尚未結束的夜晚的水面。閉上眼睛，彷彿能看見布滿古代繁星的天空。我不斷像這樣回顧這一刻，現在就是輕鬆而無用的剎那。

一整天都被快感包圍，已經記不得自己到底和他做了幾次，我還是努力想從腦海中抹去那段時光。這不單單是源於我不知該拿肉體歡愉如何是好的懦弱，亦是在痛快哭泣後，清楚感受到自己仍然活著的事實。雖然可笑，但沒有什麼比認知到自己還活著，更能讓我清晰地感受到罪惡感。

多虧了不斷叫醒疲憊的我、埋頭苦幹到早上的那小子，即便真的累到筋疲力盡，我早上還是死命拖著沉重的身體和他一起離開飯店。畢竟如果我繼續躺著，神經病絕對又會蹺掉一天班，繼續不管不顧大幹一場。

更何況我並不想向神智清醒的他認輸。可惡，這小子到底懂不懂什麼叫適可而止啊？就這樣假裝若無其事地離開飯店後，直到下車前，我都是靠意志力強撐著搖搖欲墜的精神，就連罵他的力氣都分毫不剩。

「在這裡放我下車。」

我叫他在公司附近放我下車，但他無視我的要求，繼續向前行駛。我直盯著他，片刻過後，他才終於開口。

「我會在公司放你下車。」

「我只是不想引人注目。」

我小聲嘟囔著。見他若有所思地微微側頭，我忍不住出言警告。

「你別想做出什麼瘋狂行徑。」

「你覺得我想做什麼？」

「我叫你不要做，你只會更想做吧。」

他嘴角微彎，似乎覺得我的話非常有趣，帶著笑意的眼睛轉而看向我。

「我本來還在想，乾脆別去公司，直接折返回飯店算了。但在公司引人注目好像也很有趣。」

即使他的聲音裡帶著笑意，我卻根本笑不出來。在越發了解他後，越覺得在天臺初遇時，他自述的無聊祕密是認真的——這小子真的從未開過玩笑。我嘆了口氣，警告他。

「我很忙，這兩件事你都別做。」

「喔，要忙著復仇嗎？對，是該趕快把那個煩人的東西從你身邊除掉。」

他最後那句呢喃般的自言自語，簡直讓我無言以對。我的復仇看起來就像在清理垃圾那般輕鬆嗎？雖然自尊心有些受創，但一想到作為神經病對手的金會長，我立刻意識到宋明新有多麼像小屁孩，只能無奈閉嘴。為了徹底擊潰明新，我勢必得拚盡全力並做好萬全準備，因此暫時不想被公司的人看到自己和尹理事待在一起。見我異常堅持，他最終還是乖乖依照要求，讓我在沒人的地方下了車。不過，他在離開前留下了一句話——

「去刺激宋明新，說你也會參與電視劇選角，你的金主一定會讓你飾演重要角色。而我這幾天就會幫你製造證據。」

我看著車子漸行漸遠，驚訝地愣在原地。他要幫我製造被選中的證據？這是真的會讓我參與試鏡的意思吧？但究竟該怎麼做？

「啊！泰民！」

此時我正趴在已經被當成專屬辦公室的小型會議室的桌面上。聽見耳邊傳來震耳欲聾的聲響，我勉強抬起頭，正好看見剛走進會議室的經紀人和緊隨其後的現場經紀人。

「泰民，神經病是男人嗎？嗯？他是男的？」

聞言，我從椅子上坐起身，但才剛要動作，一陣痠痛便沿著腰背直衝大腦。我一邊在內心咒罵「他媽的」，一邊強迫自己挺直腰桿。經紀人激動地在我對面坐下，往旁邊一看，知道神經病就是尹理事的現場經紀人，此刻正憂心忡忡地看著我。似乎是昨天接到神經病電話的經紀人被嚇了一跳，特地跑去問了現場經紀人。雖然他大概只透露神經病是跟蹤狂這點吧。

「而且現場經紀人說，神經病會笑著找人打架？」

我再次望向現場經紀人。到底是多嚴重的心理創傷，才會莫名其妙透露這種事啊？與我四目相交的他，眼神流露出真真切切的擔憂，甚至還罕見地主動向我搭話。

「你們打架了嗎？」

「……差不多。」

看著我憔悴的模樣，他身體輕輕一顫，低聲勸道。

「你一定會輸的。」

他過於懇切的語氣，讓我無法再出言反駁。而在一旁默默聽著我們對話的經紀人，此刻正驚訝地上下打量著我。

「你跟神經病打架了？有沒有哪裡受傷？」

我敷衍地說了聲「對」，就聽經紀人嘆了一大口氣。

「昨天公司出了大事，鬧得烏煙瘴氣，不能連你也受傷了。」

「出事？」

「啊，你沒看到網路上的消息嗎？公司大樓前失火了。」

失火？這才想到，公司前面的一小塊空地確實被圍欄圍住了，我以為只是臨時施工，沒有多加留意。但經紀人接下來說的話，讓我瞬間忘卻疼痛，不自覺地挺起上半身。

「起火的是明新的跑車。在查出是人為縱火後，引發了一陣騷動。」

所以經紀人才會想聯絡我啊。我忍住笑意，給出了他想聽的答案。

「不是我。」

不過，我大概知道犯人是誰。

「嗯？那當然，一定不可能是你嘛。但明新莫名其妙認定犯人就是你，昨天一直打來問我你在哪裡……」

殊不知經紀人不僅聯繫不到我，電話甚至是神經病接的，肯定把他嚇壞了吧。話說回來，沒想到亨碩這麼快就展開行動了，真不愧是明新的翻版呢。

「經紀人。」

他回了聲「嗯？」，轉頭看向我，而我順勢說出了自己的要求。

「請幫我安排到明新參演的電視劇中飾演配角。」

「什麼？」

滿臉驚訝的他正準備說些什麼，我卻自顧自繼續說道。

「即使是只有一句臺詞的臨演也可以，不過，一定要和明新演同一場戲。」

經紀人先是一臉擔憂地看著我，隨後才默默問道。

「你見到他之後要做什麼？」

「想讓他親眼見證，我已經開始演戲了。」

儘管露出無法理解的表情，經紀人還是為了幫我打聽機會而離開了會議室。既然亨碩幫我鋪好了臺階，我當然得好好把握，讓這復仇的階梯繼續通往我期待的方向。嗯，該如何運用參與新戲試鏡的計畫呢？

如果想刺激明新，最有效的方式就是讓他看到我站在鏡頭前面。在我請經紀人幫忙接到至少有一句臺詞的角色後，忽然感覺有股目光正凝視著我。轉頭一看，才發現是現場經紀人。這才想到，他怎麼沒待在漢洙身邊？

「漢洙呢？」

「他去學校參加聚會了。」過了一會兒，他才用他特有的平緩聲音繼續說道：「而且我被交代今天要緊緊跟在你身邊。」

誰交代的？不用問也知道是神經病。也許是我和他都想到了同一個人，現場倏然陷入一陣沉默。片刻過後，現場經紀人率先開口。

「泰民先生。」

我回答了聲「是」，他罕見地露出凝重的神情，再次重複稍早的勸告。

「你絕對不可能贏過他。」

「……」

我驟然想起了經紀人先前說過的話——現場經紀人臉上展現的愁容和眼淚根本沒有區別。當時還嘲笑經紀人過於誇張的形容，現在我卻產生了強烈的共嗚——即使眼前的現場經紀人依然面無表情，語氣也和平時沒什麼不同。

「……五年前我本來也想隨便應付他，他卻發動可怕的攻勢。因為我認識傑伊的媽媽，一開始想看在她的分上，避免弄傷傑伊的臉，結果卻害慘了自己……沒想到他真的毫不留情、狠狠地撲上來。後來我誓死抵抗，直到膝蓋差點報廢，才好不容易成功脫身。但他一直打電話給我，說還要再跟我打一場，叫我趕快治好膝蓋。他不僅對我的手術時間了如指掌，還在過去五年陰魂不散地監視我復健……」

他抬起頭，露出帶著淡淡哀傷的平靜表情，作出結論。

「尤其是手，你千萬不可以打斷傑伊的手。」

昨天在工作室讀的劇本，拍攝日安排在後天。經紀人在幫我打聽工作之餘，抽空回來轉告消息後，便將鄭製作人寄來的劇本拿給我，隨後又匆匆離去。得知我會繼續待在公司的現場經紀人，不知道又跑去哪睡覺了，只剩我一個人留在安靜的會議室。

我垂下目光，看向手中的劇本。儘管努力裝作不在意，但在讀到昨天無法念出的臺詞時，我還是不得不強忍著想閉上眼睛的衝動。那只不過是一行印在紙上的簡短的字句，此刻卻恍若肆虐的風暴，將我本就搖搖欲墜的內心徹底化為一座空無的廢墟。

或許我所感受到的，是某種近似羞愧的情緒，它無情嘲弄著我因找到了活下去的藉口而感到欣喜的內心。儘管被洞穿的恐懼如此鮮明，我的目光依舊無法移開分毫。如同沉浸在與神經病共度的時光，那行字帶來的慰藉讓我莫名安心。它彷彿在告訴我——你可以活著。即便此時此刻，我仍認為自己沒有活下去的資格。

我好不容易將視線從那行字上挪開，正打算翻回最前面背臺詞時，電話鈴聲倏地在空曠的會議室中響起。螢幕上顯示著一串陌生號碼，但畢竟是公司的內線，我還是接了起來。話筒另一端呼喚我名字的聲音，聽起來有些耳熟。

『請問是李泰民先生嗎？』

「對。」

『這裡是公司一樓大廳。』

啊，是在一樓管理進出的警衛。我正回想著年近五十出頭的他的樣貌，就聽他問了一個奇怪的問題。

『有訪客自稱是您的家人，可以麻煩您確認一下嗎？』

嗯？他在說什麼？

「我沒有家人。」

我簡短回答完便掛斷電話。接著，當我準備再次專注於劇本時，電話又響了。這次是已經儲存過的號碼——

「店經理」

一股不祥的預感莫名湧上，我凝視著陣陣作響電話，過了好一陣子才按下通話鍵。

「喂？」

『我是愛麗絲的店經理。』

「是，我知道。」

『您在忙嗎？』

「對。」

『……』

一陣沉默過後，只聽他清了清喉嚨，又恢復平時的聲音。

『我現在在夢想娛樂的一樓大廳，方便請您下來一趟嗎？』

之所以沒有立刻給出否定的答案，是我聽見了他接下來理直氣壯說出的話。

『社長也一起來了。』

不用想也知道，自稱我的家人是誰出的主意了。

我踏著不情不願的腳步，用最緩慢的速度來到一樓。才剛踏上一樓地板，遠遠就看見社長和店經理正西裝筆挺地站在大廳中央。兩人都戴著浮誇的黑色墨鏡，異常引人注目。站在他們面前、神色驚慌的警衛發現我後，便和我打了聲招呼。

「啊，原來您就是李泰民先生。您認識他們嗎？他們堅稱是您的家人……」

「咳咳！真的是家人啊，難道不是嗎？百……泰民？」

聽見愛麗絲社長響徹大廳的回應，警衛委屈地開口辯解。

「可是稍早和李泰民先生通話時，他說自己沒有家人。」

「哎呀，因為我是他新出現的家人。」

什麼叫新出現的家人？眾人疑惑地看向社長，而他立刻露出燦爛的笑容。

「呵呵，泰民是我的姪媳婦……」

「我不認識這個人。」

我迅速對警衛說完，毫不留戀地轉身離開。過了一會兒，後方才傳來社長的吶喊。

「啊，我開玩笑的啦，開玩笑的！百元……不對，泰民！是我啊，是我！」

最後，我還是勉為其難帶著他們前往了一樓的餐廳。跟著我走進公司的社長不知道在開心什麼，一直不停東張西望，還一邊感嘆「喔——原來這裡就是傑伊的公司啊」。光是讓我丟臉還不夠，現在居然強迫我帶他們參觀傑伊的公司？我忍著內心的憤怒，帶著兩人走到餐廳的空位，正打算問他們要吃什麼時，社長率先開口了。

「嗯哼，這裡是餐廳啊？來，那我們去二樓吧？」

「……」

「嗯？你剛才是嚇到了嗎？喔，看來二樓沒什麼好逛的？哈哈，沒關係，我不是來這裡參觀的。」

別笑死人了，你百分之百就是來參觀的。我努力忍住竄到舌尖的嘲諷，就聽提著東西走在社長後面的店經理在一旁慫恿。

「社長，按順序來說，應該先從地下室開始參觀。」

帶著兩個戴墨鏡的大男人一路逛到頂樓，足足花了我一個小時。明明又不是要搬來這裡住，社長卻每層樓都要逛，甚至仔細檢查了廁所馬桶的水壓。當然，他這麼做的原因，在他心滿意足的碎念中表露無遺。

「很好，這樣不管傑伊拉了多大坨的屎，都不會塞住。」

只不過，在他得知幹部辦公室那層樓必須有門禁卡才能進入後，立刻皺眉瞪向我。不是，我才成為這間公司的練習生沒幾個月，怎麼可能會有幹部辦公室的門禁卡？但我沒將這句話說出口。按照過往經驗，要是我出言反駁，他往往會給出我招架不住的回應。舉例來說，當我問他為何在室內戴墨鏡時，他竟擺出一副理所當然的態度，開口回答。

「既然這裡是眾星雲集的地方，當然不能只有我打扮得太過俗氣。」

現在就只有你最俗氣。感覺再這樣下去，連我都要被社長感染，變得俗不可耐了。於是我加緊腳步，想盡快送他們離開。沒想到剛結束參觀的社長居然無視我隱晦的驅趕，理直氣壯地說想去我平常待的地方。該怎麼說呢？有別於神經病，社長是另一種意義上的難對付。

如果莽撞地拒絕他的要求，我的疲憊程度絕對會以百倍的級距直線上升。

在認清唯有迅速帶他參觀完才能擺脫他的現實後，我認命地帶他前往三樓的小會議室。走進小型會議室的他慢慢環顧一周，才終於摘下墨鏡。

「嗯哼，這裡就是百元你的辦公室啊？」

這裡當然不是我的辦公室。但我懶得多做解釋，畢竟在來的路上，我就已經解釋過好幾遍，可社長卻完全無視我的話，讓我感到異常心累。雖然是只有桌子和幾張椅子的小型空間，我還是請他們先坐下。他和店經理剛在我對面坐定，就擔心地開口詢問。

「傑伊的辦公室該不會也這麼小間吧？」

嘰——我停下拉開椅子的動作，過了一陣子才回答。

「我沒去過，不知道小不小間。」

「你沒去過？」

他滿臉失望，再次問我。

「那你去過幹部辦公室那層樓的廁所嗎？」

「沒有。」

難道神經病害愛麗絲的馬桶每天堵塞嗎？我納悶的表情一閃即逝，社長卻憑著他只在莫名其妙的地方發揮作用的第六感，敏銳地發現了我的疑惑。

「啊，你不要誤會，我只是好奇廁所的水壓夠不夠而已，因為不知道小……咳咳，傑伊會不會像到我這個叔叔，排便頻率非常高。畢竟遺傳會展現在哪方面很難說嘛？呵呵呵。」

我真的不想知道這種無用的資訊，但社長已然陶醉於自己與傑伊因遺傳而建立起的關係，一副非常高興的樣子。明明只和他對話了幾分鐘，我卻疲憊得像交談了好幾個小時，此刻的我終於理解神經病為何要與他保持距離了。在精神變得更加疲憊前，我趕緊切入正題。

「社長來找我有什麼事嗎？」

我猜他一定是拿我當藉口，來參觀傑伊的公司。但出乎我的意料，社長居然另有目的。被我這麼一問，他對店經理使了個眼色，見狀，店經理趕忙拿出一直提在手上的、綁著布巾的箱子。這是什麼？接過箱子的瞬間，沉甸甸的重量莫名有些熟悉。

「呵呵，這是補藥。」

「社長上次給的份，傑伊應該還沒吃完。」

「嗯？喔，這個……咳咳，這不是傑伊的，咳咳。」

準備收下箱子的我動作一頓，抬眼看他，他卻只是悄悄挪開目光，一直假咳。見狀，一旁的店經理便代替他開口。

「這是兩百元先生您的。」

「不用。」我直接推開本來打算收下的補藥，「我不需要。」

說罷，只見社長猛然轉過頭，似乎想大喊些什麼又堪堪忍住，隨後才扭扭捏捏地開口。

「給你這些絕對不是感謝你、想和你拉近距離，或是擔心你為了復仇消耗太多體力。長輩給的東西，你就收下吧。只是補藥太多了，我才分一點給你，別自作多情以為我喜歡你！」

「我沒有自作多情。」

「這、這樣啊？咳咳……你也可以稍微自作多情一下……咳咳，總之，你收下就對了！」

他再次望向半空中，將補藥推向我。我看了他一眼，默默將補藥放到自己旁邊，社長這才露出滿意的神色。

「早晚各吃兩次，吃補藥的期間，不要吃蘿蔔或雞肉之類的。還有什麼來著……」

聽見他的詢問，店經理連忙補充。

「麵粉類食物。」

「對，也不要吃麵粉類的食物。」

後來，花了將近五分鐘交代補藥注意事項的他，從懷裡掏出一張影印紙。

「我把注意事項都寫在這裡了，給你參考。」

什麼？那你早一點拿給我不就好了？幹嘛那麼多廢話？我一臉不情願地收下，並在他的監視下將紙條塞進口袋後，他才坦白來到這裡的真正目的。

「是說，百元，你今天有沒有在公司見到傑伊？」

「沒有。」

「蛤？你們在同一間公司，卻沒有遇到嗎？」

你當這間公司只有我和他兩個人嗎？你跟車中宇怎麼都想向練習生打聽公司高層的消息？雖然我們的確經常見面就是了。

「因為他是幹部，我們幾乎不會遇到。」

這麼說完，他立刻露出不滿的表情，輕嘆了一口氣。

「真是的，那就不知道他今天有沒有來上班了。」

因為早上一起來公司，關於這點我還是知道的，但我刻意不回答，而是反問他。

「怎麼了嗎？」

「喔，傑伊好像出了什麼事。不知道是不是為了金會長的事太過操勞……他昨天一直沒接電話，我就打去公司，沒想到……我的天啊！這輩子從未早退的人，居然提前離開公司？聽說他工作到一半突然衝出去，連電話都直接關機……」

「……」

「好吧，你也不知道他發生什麼事吧？」

「……對。」

這一刻，我腦中僅有一個念頭——絕對不能露出破綻。可惜，莫名慌亂的心緒還是讓我的反應慢了一拍。只見觀察力在毫無必要的地方特別敏銳的社長忽然瞇起眼睛。

「你剛才慌了吧？」

「沒有。」

這次我立刻開口回答，但依舊騙不過已然敏銳洞察情況的社長。

「我總覺得有鬼，你為什麼慌了？你是不是……」他緊盯著我，簡潔有力地問道，「昨天和傑伊待在一起？」

「怎麼可能？」

然而，他似乎發現了什麼蛛絲馬跡，突然指著我的臉大叫。

「啊！你的瞳孔剛才顫動了！原來你和傑伊待在一起！」

噢，幹。我努力忍住髒話，淡定地否認。

「你猜錯了。」

聽見我極力否認，他反而更加篤定。

「哈哈！剛才又顫動了！店經理，你也看到了吧？有沒有？」

我刻意直視著店經理，他露出和平時不一樣的真摯眼神端詳片刻，才回答社長。

「我不清楚。」

我還來不及鬆一口氣，他的下一句話便立刻背叛了我。

「不過，我相信社長的第六感。」

「呵呵，那當然，沒人能比得上我的直覺。百元，你昨天就是和傑伊待在一起！」

我要瘋了。我轉頭忍住想嘆氣的衝動，但情況似乎變得更加不妙……不，已經演變成最糟糕的地步了。

「但你們兩個昨天都失聯，到底在……嚇！」

倏地倒抽一口氣的他，猛然起身大喊。

「原來是變成三百元了——！」

那天社長如精神失常般笑著大喊「三百元」，最後被警衛帶走驅離。而我則是決定將手機關機一整天。我非常擔心他會送祝賀花圈來，於是事先交代警衛，要是有人送花給我，請一律丟掉。

然而，即便成功過濾掉煩人的花圈，還是有無法避開的漏網之魚。隔天收到糕點的我，只能像個瘋子般默默暗自咒罵。因為手機關機，我也沒有和神經病聯絡，但這一切都是社長的錯，和我沒有任何關係。只不過，在後天早上為了拍攝前往攝影棚的路上，經紀人驚訝地問我。

「我昨晚想打電話給你，才發現你手機關機，發生什麼事了嗎？」

「沒有，怎麼了？」

「嗯，你拜託我的事，找到一個角色了，雖然真的只有一句臺詞。」

意識到他指的是明新的事後，我放下即使在車上仍緊握在手中的劇本。

「什麼時候？」

「那個……」

經紀人為難地咕噥，轉頭看向我。

「就在明天。很突然吧？因為明新快要殺青了，現在沒剩幾場戲。」

「明天沒問題。」

說完後，我在內心繼續說著——這樣反而更合我意。

時間越快越好。若是要把明新逼向絕境，就絕不能讓他有喘息的空間。

儘管電影應該也一樣，但電視劇的拍攝遠比想像中煩人。若要拍攝實際在電視上呈現的某一幕，扣除ＮＧ畫面，還得重複演出相同的臺詞好幾次。雖說觀眾不易察覺，但一場戲通常會區分成不同視角，也就是說，必須從各種角度拍攝同一場戲好幾次。

舉例來說，如果是Ａ和Ｂ兩人對話，基本會分成Ａ視角的畫面、Ｂ視角的畫面和兩人一同出現的畫面這三種。上演技課時，講師說來自不同視角的畫面，能讓觀眾感受到空間是立體的。但不管怎麼說，站在演員的立場，這都是一份需要耐心和毅力的工作。

明新出演的電視劇，是一部快要完結的作品。因為劇本的結局已經確定，拍攝似乎較為從容。這天負責拍攝的並不是主要製作人，而是他底下的年輕導演。

開拍前，經紀人帶我先去向她問好。我不知道經紀人是動用了哪些人脈，才幫忙找到飾演配角的機會，唯一能夠確定的是，這位年輕導演應該跟他不熟。她敷衍地接受我們的問候，隨後便匆匆轉身離去。

畢竟她是片場最忙碌的人，儘管遭受了非刻意的無視，經紀人仍習以為常般，反而更認真地帶著我一一向其他人問好。

看著他面帶笑容對著比自己年輕的人們鞠躬，跟在身後的我不禁產生了自己今天絕對不能犯錯的念頭。就算只有一句臺詞，我也要打起精神，好好表現。

這本該是由明新勾起的勝負欲和為復仇而生想法才對，但此時此刻經紀人的身影卻成了更迫切的原因。所幸我還有適合演戲的優點——不會怯場和緊張。光憑這點，就已經勝過不少人了。就如同神經病所說，我是越害怕就越喜歡迎難而上的類型。

今天要拍攝的場景是劇中明新上班的公司。也許是對地點並不熟悉外加出外景的緣故，劇組從一大早就開始忙碌。就連僅有一句臺詞的我也是早早抵達現場，在一旁等待拍攝自己的戲份。

因為知道本來就需要漫長的準備時間，即便一、兩個小時過去，我也沒有多想，直到等到第三個小時，我才發現有些不對勁。拍攝的前置作業已經完成，卻遲遲沒有開拍，無法如期拍攝的原因也很簡單——參與拍攝的演員根本沒有到場。

那段期間，經紀人買了一堆養樂多回來，分送給各個工作人員。他展現一口氣為整排養樂多插上吸管的高超技術，博取眾人的歡笑，並在三小時內迅速和那位年輕導演打成一片。他的親和力果然厲害。

我帶著讚嘆的眼神望向他，又再次將視線移回已經看了三小時的那句臺詞。

我坐在階梯附近，聽見不遠處傳來啪啦聲響，才發現是另一名演員正不耐煩地用力坐在椅子上。他的臺詞也不多，但飾演的角色是明新的公司同事，所以偶爾會在鏡頭上露面。他和我一樣等了好幾個小時，臉上滿是煩躁。

「真是的，已經不只一兩次了，他真當自己是頂級明星嗎？每次都遲到這麼久，到底想怎樣？」

說完後，疑似他經紀人的人噗嗤一笑。

「他本人不是頂級明星，但經紀公司是啊。而且這次就包容他一下吧，有人放火燒了他的車子，他現在心情一定很糟。」

「就是他平常太惹人厭才會遇上這種事。我得知消息的時候，簡直通體舒暢呢。」

「說話還是要小心點吧。聽說他的金主非常有權有勢，所以這部戲的製作人和導演對宋宥翰都是敢怒不敢言。據說他有可能在夢想準備推出的新作中飾演主角……」

經紀人一邊悄聲說話，一邊不停東張西望，發現坐在階梯上的我之後，便趕緊將那名演員帶離現場，同時「夢想旗下」什麼的竊竊私語也一同傳了過來。我和明新在同一間公司，他大概認為我會和他站在同一陣線吧。畢竟同樣等了好幾個小時，我卻沒有半點怨言，的確會給人那種沆瀣一氣的感覺。

事實上，我也真的沒有不滿。這樣的等待，反而讓我產生了一種愉悅的情緒，期待著那小子會以怎樣的面貌現身，而我又將用怎樣開懷的笑容迎接他的到來。又等了四十分鐘後，主角才乘坐一臺黑色保母車姍姍來遲。雖然讓眾人等候許久，他卻只說了句「抱歉」，便快步前往更衣室換裝。

他道歉後，眾人紛紛竊竊私語，但沒有人當面表達不滿。似乎和剛才那個經紀人說的一樣，大家都知道他的金主很厲害，因此對他跋扈的行徑敢怒不敢言。對於自己遲到好幾個小時不以為意似的，明新神色自若地走向更衣室，但他卻腳步一頓，彷彿被施了定身咒般驀然愣在原地。

若要走到臨時更衣室，需要先穿越樓梯，而他在那裡發現了一張熟悉的面孔——也就是我本人。我坐在高處，漫不經心地俯視著明新瞬間扭曲的表情。

「幹，你這傢伙……」

他一邊咒罵，一邊朝我踏出一步，一旁的經紀人卻立刻拉住他的手臂。年約三十五歲的健壯男人說他已經遲到了，得趕快準備，就把他拖離現場。在明新被迫離開的過程中，他仍不忘回頭惡狠狠地瞪著我，就好像要殺了我似的。見他走遠後，我才低頭看向手中的劇本。

公司同事走出休息室，為明新飾演的角色送上結婚祝福。

「聽說你要結婚了？恭喜你。」

然而，由於各種複雜原因，婚事不順的他正為了遺忘此事，刻意留下來加班。在那種狀態下獲得同事的祝福，他不禁露出苦澀的笑容。這一幕真的非常短暫，但我還是看著劇本忍不住莞爾一笑——畢竟這是我和明新唯一的對手戲。

我穿著為臨時演員準備的、略短的西裝褲與襯衫，率先走進布置好的公司休息室，並站到指定位置——自動販賣機前面，等著輪到自己演出。自動販賣機裡已經擺好一杯咖啡，等導演喊開拍後，我只要彎腰取出咖啡，轉身向外走即可。接下來，只要對走進來的明新說聲恭喜後再離開，這場戲就結束了。

這是非常短暫的一幕，不需要拍到我這個臨時演員的臉，攝影機主要架設在拍攝明新的方向。因為收音問題，拍攝稍有延遲，我便嘗試練習從自動販賣機取出杯子。紙杯裡盛裝著已經冷掉的咖啡，我沒有整杯拿出來，只是握在手中估算高度。這時，似乎有人朝我走了過來。轉頭一看，已經完成梳化的明新站到我面前，正惡狠狠地盯著我。

「王八蛋……是你嗎？是你搞的鬼吧？」

這段只有我們能聽見的、咬牙切齒的抱怨，聽起來莫名搞笑。我噗嗤一笑，微微勾起嘴角，在嘲諷明新的同時，也讓正在遠處憂心忡忡、不斷往我們這裡看的經紀人知道一切都在我的掌控之中。

「你說我怎麼了？」

我用和平時分毫不差的音量開口詢問。他瞄了周遭一眼，將音量壓得更低。

「放火燒車的人不就是你嗎？王八蛋……你以為我會放過你嗎？」

「我幹嘛放火燒你的車？」

四周的喧鬧掩蓋了我的聲音，但我看見附近某個工作人員似乎聽見了我們的談話，朝這裡看了一眼。明新朝我走近半步，繼續悄聲說道。

「你找死啊？做了那種事，還覺得我會放過你嗎？」

「你有證據嗎？」

「證據？幹，你就是證據。除了你之外，還有誰會對我的車做那種事？」

「很多人都會吧。」

我漫不經心回話後，對他露出笑容。

「那種幹話，等你找到凶手是我的證據再說吧。雖然我當時並不在現場，你肯定一無所獲。」

「什麼？你還想裝死……」

「XX飯店。」

我打斷他的話，再次用平時的音量開口。

「我當時在那間飯店和男人上床。」

附近幾個工作人員再次看向這裡，但我沒有理會，繼續說道。

「不僅纏綿了一整天，還一直到隔天早上才離開，你去查吧。」

明新露出一臉不敢置信的表情，驚訝地看著我。片刻過後，他才再次勉強開口。

「要是你敢騙我……」

「你自己去查，臭小子。」

這次我也放低音量，對著愣住的他再次展露笑容。

「看你這麼急切想要栽贓我的模樣，不用想也知道，你肯定是怕了，才會迫切地想掩蓋事實吧？」

「……掩蓋事實？」

「掩蓋你少了那臺車，就只是個窮光蛋的事實。雖然你開口閉口一直稱自己早已不是過去的宋明新，但你不就是身無分文，才只能幫金會長口交嗎？要不然，你怎麼會因為一臺破車就想栽贓嫁禍給無辜的我？」

語畢，我朝他的肩膀推了一下。只見明新咬牙切齒，臉色一片慘白，他原地後退一步並小聲咕噥。

「我已經不在乎你的胡說八道了。」

「你只是不願面對自己是窮光蛋的現實吧。」

我側著頭，由下而上打量他。

「幸好你比我想像中更無能，要跟你競爭同一個角色，根本沒什麼好怕的。」

「什麼？」

略感驚訝的他馬上噴笑出聲。

「哈哈，你要和我競爭？哪個角色？該不會是夢想正在籌備的電視劇吧？」

他似乎覺得非常有趣，甚至忘了不要引人注目，用比平時更高的音量開口。

「只有一句臺詞的臨演，竟敢說要跟我競爭？競爭耶！你以為能對我說出一句臺詞，就可以和我平起平坐了嗎？就憑你？像你這種垃圾，還帶著那種爛經紀人，怎麼好意思？」

看著我的眼神滿是輕蔑與優越感的明新，似乎終於意識到周遭倏然安靜了下來。現場彷彿已經開始拍攝一般，眾人的視線都集中在準備開演的演員身上。這時才發現自己說話太大聲的明新立刻咬住下唇，頭也不回地轉身離去。

儘管眾人的目光隨著明新離去而重新聚焦到留在原地的我身上，但與方才望向明新的眼神不同，那是同情一個新人演員被每天拍攝遲到又惹人厭的藝人責罵的眼神。我堪堪忍住因意料之外的幸運而浮現的笑意，微微轉過頭。

透過這場小小的騷動，能夠明顯看出毀掉明新的並不是我。是與他累累成就同樣為數不少的敵人，以及那日漸高漲的自傲心態正在摧毀他。我只不過是伸手推倒第一片骨牌罷了。

嘩啦啦。我彷彿聽見命運的骨牌一片片倒下的聲音。

「泰民。」

因為明新離場的關係，拍攝被暫時中斷，經紀人順勢走到我身邊。我沒有理會工作人員仍不停偷瞄我的目光，回答了聲「是」之後，聽見了他擔憂的關切。

「明新剛才說的話是什麼意思？競爭？」

聽見經紀人的疑惑，我猶豫片刻，不曉得該如何向他解釋。雖然基於刺激明新的意圖，我刻意說得十分篤定，但其實我並不認為神經病會真的讓我參與選角競爭。

他說會提供證據，大概只是一種偽裝，頂多是讓明新耳聞一些風聲罷了。

因此，就算不向經紀人透露，我認為也並無大礙，所以沒有馬上開口。這時，方才憤而離場的明新正好回來，打斷了我們的談話。

「之後再說。」

將經紀人送走後，我轉頭看向正在補妝的明新。個子嬌小的化妝師正辛苦地踮起腳尖，在明新臉上撲粉。但不管化妝師做了什麼，他全程都惡狠狠地瞪著我，在那種略顯搞笑的狀態下完成補妝。

而後，拍攝終於開始了。隨著導演一聲令下，現場倏地安靜下來。攝影機架設在休息室最後方，同時拍攝著即將表演這一幕的我和明新。代表開始錄製的紅色燈號亮起，我依照先前練習，彎腰從自動販賣機取出早已盛裝好的咖啡。

一陣腳步聲傳入休息室，我準備拿著咖啡往外走，而他正要從外面走進來。按照劇本，此時我們應該稍作停頓，接著我只要念出臺詞就可以了。只不過，聽說的「聽」字才剛到嘴邊，拍攝就被迫中斷。

本該在我前方停下的明新竟無視劇本安排，不管不顧地徑直邁出腳步。他彷彿要朝我撲過來似的，直直往前邁進。儘管我迅速迴避，還是無法徹底躲過他故意撞向我肩膀的動作，而我手上的紙杯亦然。

唰——

紙杯裡的液體瞬間灑落，所幸我側身一躲，深色的咖啡只潑濺到手臂。想當然耳，迅速躲向一旁的明新並沒有被波及分毫。拍攝隨著導演喊卡而中斷，現場卻反常地一片沉默。我看向地上的咖啡漬與自己被濺濕的手臂，再轉頭看向明新。只見他勾起一邊嘴角，嘲諷似的開口。

「就是這樣，我才不喜歡和菜鳥對戲。煩死了，居然連一句臺詞都說不好，還要白痴打翻咖啡？」

眾人的目光瞬間望向睨視著我的明新，他卻若無其事地露出得逞般的笑容。而劃破現場詭異氛圍的，是導演帶著哀怨的聲音。

「你趕快去換一套衣服吧，拍攝先暫停……」

就在這時，明新打斷了導演的話。

「導演，我晚上還有其他拍攝行程，乾脆請其他人頂替，或直接拿掉這一幕吧？反正這段劇情也不是必要的吧？」

導演的表情瞬間微妙地扭曲，她努力不顯露情緒，為難地開口。

「雖然不是必要劇情，但也不能直接拿掉。這不是呈現你的角色為婚事而苦惱的一場戲嗎？請你忍耐一下，把它拍完吧。還有，你趕快去換衣服……」

「導演，我真的很忙。」再次打斷導演說話的明新，面無表情地強調，「如果只是要表現出苦惱，改成獨白也可以吧？改用我獨自在窗邊煩惱的戲代替吧，難道我還要等那種臨時演員換好衣服嗎？」

導演凝視著明新，簡短地回應。

「宋宥翰先生，我們也等了你四個小時。」

「我是因為工作才遲到的。」他厚著臉皮回話後，斜眼朝我的方向看了過來，「總之，我不可能等他。」

可能是對他的固執感到頭痛，導演忍不住皺起眉頭。如同眾人的猜測，大家都因明新的金主——金會長的勢力，一聲也不敢吭。這才發現，原來這部戲的版權方是確定要拍攝新電視劇又死愛錢的S電視臺。

「呼，宋宥翰先生，請你冷靜一點，那個臨時演員換衣服不會花太多時間……」

「我可以不用換衣服。」

這次換我打斷導演說話了。眾人的目光瞬間聚集在我身上，而我不以為意地看著導演，解開襯衫兩邊的袖釦，將袖子往上捲到手肘的位置，巧妙地遮住汙漬後，刻意拉鬆領帶，最後再伸手輕輕撥亂抹了髮膠的瀏海。

「這樣不就行了嗎？」

原先乾淨整潔的形象瞬間變為辛勤工作後的凌亂，我瞄了明新一眼，繼續說道。

「畢竟主角是留下來工作到很晚，身為同事的我展現出認真完成工作的模樣，大家也能理解吧。」

雖然相較之下，像是只有我一個人拚命工作就是了。一陣短暫的沉默過後，導演笑著點了點頭。

「不錯，就這麼辦吧。宋宥翰先生，現在可以繼續了吧？」

然而，明新卻好似無法苟同，冷冰冰地瞪著我反問。

「要是他又失誤了呢？我感覺他還會打翻咖啡好幾次。」

言下之意，就是他接下來絕對不會讓我好過。而我則好心地回應了他多餘的擔憂。

「不會有那種事。」

話音剛落，明新便再次嘲笑般勾起嘴角。

「好啊，就讓我拭目以待。」

隨後，他再次走到門外，我也回到了自動販賣機前面。與此同時，一位工作人員正拿著大拖把清理地上的咖啡，另一位工作人員則在自動販賣機投入硬幣，事先點好咖啡。

喀，咻嚕嚕嚕。

杯子輕輕落下，液體滴落的聲音也隨之響起，半晌，自動販賣機很快便安靜下來。在地板打掃乾淨後，導演便宣布開拍。我再次將手伸進自動販賣機取出紙杯，這次是剛出爐的、熱騰騰的咖啡了。我拿起冒著白煙的紙杯轉過身，聽見腳步聲如方才那般傳來。向外看去，熟悉的面孔和同樣不懷好意的笑容再次映入眼簾，我平靜地揚起嘴角，在比原定位置後退兩步的地方停下腳步，接著不經意地將手伸了出去——

唰——

「呃啊！」

明新的慘叫在現場大聲迴盪。與此同時，滾燙的咖啡在離他咫尺之遙的地板上冒著騰騰熱氣。見到此情此景，本應再次喊卡的導演倏地愣在原地，取而代之響起的，是我看著明新、面無表情道歉的聲音。

「對不起，咖啡很燙，不知道你有沒有受傷？」

他猛然抬起頭，表情十分精彩地看向我。我由下而上將他打量一遍，開口安慰道。

「幸好咖啡沒有潑到你。」

「什麼？你這傢伙……」

「不該慶幸嗎？差點就潑到臉上了呢。」

聽到我說的話，明新的臉色霎時一片慘白，想來他應該是明白了我的言下之意——下次咖啡就不只是潑在地上了。我轉頭看向仍愣在原地的導演，淡淡地開口。

「不好意思，我不會再打翻咖啡了，可以重來一次嗎？」

嗯，導演的表情簡直經典到我忍不住想拍下來。只見她憋笑般咬住下唇，表情嚴重扭曲。過了好一會兒，她才點了點頭。

「……再來一次吧。」

幸好第三次拍攝沒有再出差錯。我的臺詞本來就短，只要對方不搞小動作，基本沒有NG的問題。只不過，因為明新動作莫名僵硬，連簡短的對話也頻頻出錯，最後我們竟重複拍攝了五次之多。

最後一次對戲時，明新幾乎不敢直視我的眼睛，導演可能也放棄了，只能無奈地說了聲「ＯＫ」。為了拍攝這短短一幕，居然耗費了一整天？我感到既空虛又可笑。當我正準備離開休息室時，急促的腳步聲從後面追了上來。我刻意移動到無人的地方，引誘對方跟上，而那位匆匆跟來的不速之客，不用看也知道是誰。

「你該不會認為自己贏了吧？」

充滿狠勁的聲音自身後傳來，我停下腳步，回頭看向跟著我走上階梯的明新。只見他好似要殺了我一般，眼中怨憤幾欲噴湧而出，他一邊怒視著我，一邊狠狠放話。

「只有可憐一句臺詞的、微不足道的小角色，若你以為這樣就能贏過我的話，簡直作夢，王八蛋。」

我面無表情地看著他，過了一陣子才開口。

「我從來沒有那樣想過，但聽你這麼一說也滿有道理的耶。你是個只要一句臺詞就能贏過的廢物，也對，畢竟你是窮光蛋嘛。」

明新咬牙切齒，僵硬的下顎因過分用力而微微顫抖。

「你真的要死到臨頭才會閉上那張臭嘴嗎？」

「我才想問，你要因為一臺破車，就到處鬼扯跟汙衊別人嗎？」

我走近一步，側著頭看他。

「話說回來，在夢想製作的電視劇的試鏡中，你根本不是我的對手吧。連車都沒有的窮鬼，哪有錢跟別人競爭？」

明新緊閉雙唇、一語不發，過了半晌，才生硬地擠出一句。

「笑死人了，毫無知名度可言的練習生居然敢說要跟我競爭？你真的認為自己可以獲選為主角？」

「那你覺得自己的知名度有望成為主角嗎？」

如此反問後，我對他笑了笑。

「無論是無望成為主角的你，還是我這個菜鳥，都一樣會遭到觀眾審視和責難。不，我沒什麼知名度，人們反倒可能對我有所期待。但你呢？大概會被人調侃自不量力的小小配角怎敢覬覦主角的位置吧？勸你還是趁我願意好言相勸的時候，自己退出吧。畢竟我跟你不一樣……」

我壓低聲音，悄聲對明新說道。

「有個很喜歡我的像樣金主。」

換好衣服後，我回到片場和經紀人會合，看見他和導演正聊得開心。我本想走近，卻在中途停了下來——我聽見他們正在談論關於我的話題。

「真的才幾個月而已？他在鏡頭前的樣子非常自然，動作也很流暢。」

「嗯，他真的是剛開始演戲沒幾個月的新人，但他有一顆與生俱來的強大心臟，也不怕鏡頭。妳剛才也看到了吧？就算有人給他下馬威，他也絕對不會怯場，演技也不差。當然，有些部分還要再磨練，不過這已經跟天才沒兩樣了吧，哈哈哈——」

我默默後退一步。就算擁有強大的心臟，聽到那種謊話也會感到難為情。然而，經紀人完全不懂適可而止。

「還有啊，妳知道先前待在M電視臺的鄭製作人吧？」

「知道，就是到電影圈發展的那位。聽說他這次的新電影拍得很棒，劇本非常精彩，而且已經成功獲得電影節的邀約……」

「哈哈，我們泰民有參演那部電影！而且還飾演了一個非常重——要的角色喔！啊哈哈——鄭製作人好像對泰民的演技非常滿意，沒有人特別拜託，他就主動增加了泰民的戲份。哎喲，害我真的對其他演員很不好意思，啊哈哈哈——」

嘴上說著對別人不好意思的人發出宏亮的笑聲，讓我更尷尬了。我默不作聲地走到室外，開始想著要不要乾脆直接閃人，最終卻打消了念頭。我心想著現在一聲不響地離開，之後聽到經紀人的抱怨肯定更加煩人，一邊坐到階梯上。

夜幕已然降臨，微涼的晚風輕輕吹拂而過。或許是一整天都在等待的緣故，些微的疲憊感不由自主地湧上，正當我準備閉目養神時，一陣突兀的震動倏地傳了過來。打開手機，面善男傳來的簡訊立刻映入眼簾。

——宋宥翰聯絡我了，他跟我要了能借錢的人的聯絡方式。

這天忙完工作後，我刻意沒向經紀人解釋他開拍前詢問的問題。我猜他應該已經忘記這件事了，沒想到才過幾天，就遇上不得不解釋的情況。現在辦公室裡到處流傳尹理事疑似背叛社長、出售股份的消息，搞得公司上上下下一片烏煙瘴氣。

雖然沒有明顯地表現出來，但眾人似乎都籠罩在焦慮中，不停討論著公司的主導權會不會被反對派奪走。他們會這樣想也在所難免，畢竟還有傳聞說反對派在金會長的幫助下，掌握了社長的資金來源，因此社長正在向公司的最大的股東——夢想的母企業求援。

如同佐證這些小道消息般，甚至有人目睹社長兩三天就到母企業報到，就像在那裡上班一樣。據說那神祕色彩濃重、身為最大股東卻不干涉經營權的企業如果站在社長這邊，就能夠一口氣翻轉局面了。

儘管如此，眾人還是對社長的處境抱持不樂觀的態度。主流意見認為，母企業掌權的會長現在身體欠安，隨時可能離世，而他的子孫也為了情況複雜的遺產爭奪，無暇理會夢想的派系鬥爭。

況且最近社長頻頻和尹理事保持距離這點，也讓社長遭到孤立的傳言更有說服力。現在大家都忙著和反對派的團隊拉近關係，各自亂成一團。而造成這一切亂象的根本原因，正是公司布告欄發布的一則公告——獲准參與電視劇試鏡的演員名單。

名單中大部分都是與反對派有關的藝人，唯獨一個人與他們毫不相干，甚至是個聽都沒聽過的超級菜鳥——就是我。進公司看到這則公告後，我真的很不想走進會議室。雖然大概知道這就是神經病說好要幫我製造的證據，但一個名不見經傳的練習生莫名其妙登上主角試鏡名單，還是相當驚人。果不其然，當我認命地推開會議室的門後，兩人彷彿終於等到時機，猛然從座位上站起身。

「泰民！」

「泰民先生！」

我靜靜關上門，裝傻般開口。

「是。」

「什麼叫『是』？現在不是說『是』的時候！這究竟是怎麼回事？」

經紀人把筆電轉向我，展示公司內部網頁顯示的名單。接著，漢洙熱心地指出我的名字。

「你看這裡。你看，主角試鏡名單上面寫著『李泰民』耶！我和公司確認過，沒有其他叫李泰民的藝人！」

「是嗎？」

「什麼叫『是嗎』？現在不是反問『是嗎』的時候！你先解釋這究竟是怎麼回事！」

兩人的質問震耳欲聾，我低頭看向螢幕，說出他們想聽的答案。

「是我沒錯。」

語畢，我抬起頭，兩人立刻同時瞪大眼睛。一陣短暫的沉默過後，我皺了皺眉，又對他們重複了一次。

「我說，是我沒錯。」

「就這樣？」

不然還要我解釋什麼？我莫名其妙地看向經紀人，只見他忽然捶了捶自己的胸口，開口說道。

「哎喲，真受不了你。泰民，你先回答我的問題。既然是你，你是怎麼擠進名單的？」

「有人幫忙。」

這次換漢洙提問了。

「是誰？」

「金主。」

「喔，金主……嗯？」

「原來如此，是金主……咦？」

咻，咻。原本面對面的兩人同時轉頭，瞪大到快要裂開的四隻眼睛彷彿要把我生吞活剝般，緊盯著我不放。

「金、金、金主——？泰民，你真的有金主？」

「嚇，太扯了！你從來沒說過啊！」

過度的震驚和濃濃的失落在兩人的聲音中此起彼落，好似不解我為何從來沒有向他們透露過這個消息。不僅如此，他們甚至還開口責備我。

「你怎麼可以這樣對我們？突然說你有金主？你居然瞞著我們找了金主？」

「太過分了！都不告訴我們，只會陪你的金主！」

要是能夠當眾炫耀、大家一起歡樂見面，那還叫金主嗎？兩人高亢的聲音讓人有些煩躁，我無言地看著他們，試圖證明自己並無任何過錯。

「我的金主你們都認識，別生氣了。」

然而，這句話卻彷彿火上澆油，讓他們的神情由原先的錯愕轉為極度驚恐。正當我懷疑他們是不是已經沒有呼吸時，就聽經紀人突然哽咽大喊。

「不行！絕對不行！那個人絕對不行！」

是哪裡不行了？我本想反問，但流著淚大聲呼喊的經紀人讓我把疑惑吞了回去。

「不可以是李攝影師！我多麼努力保護你，怎麼偏偏是他！」

站在一旁的漢洙大吃一驚，飛快地遠離我一步。他的眼神充滿不可置信的驚懼，彷彿我已經裸體和李攝影師玩了剪刀石頭布一樣。

「我對你太失望了，泰民先生！」

頭好痛。我揉著額頭，簡潔有力地說道。

「不是李攝影師。」

「什麼？不是他？」

「哇……幸好不是他。那是誰……啊！難道說！」

這次換漢洙摀著自己的嘴哽咽大喊了。

「泰民先生，不可以！他已經有老婆了！」

你到底在說誰啊？我傻眼地看著漢洙，發現他眼角居然真的淌了幾滴淚水。

「你和鄭製作人居然是那種關係……嗚嗚嗚……你說過你們兩個在拍攝電影的時候，曾經早上約在飯店見面，原來是這個意思嗎！泰民先生，你清醒一點，嗚嗚嗚——」

「媽的，你才給我清醒一點。」

聽見我冷漠的斥責，哽咽的漢洙和仍捂著自己胸口的經紀人一同轉頭看向我，異口同聲問了一句「那不然是誰」。我沉默片刻，最終不情不願地開口。

「神經病。」

「喔，原來是神經……蛤？神經……嚇！」

「原來如此，是神經病啊。嗯？神經病？呃啊！」

這天，他們兩個一把鼻涕一把眼淚地纏著我說「還是李攝影師比較好」，而我為了甩開他們，差點把肚子裡的早餐吐出來。

一天一封的簡訊，僅有短短一句話。試鏡名單已經公布好幾天了，但自從離開飯店和他分開後，我們之間的聯繫就僅有這短短的簡訊，且內容全都千篇一律。

——你在哪裡？

等我回覆後，他就像得到了想要的答案，不再回應。然後，隔天又傳來一模一樣的內容。如此反覆幾次後，我忍不住反問。

——那你又在哪裡？

收到簡訊時已是凌晨兩點多，而他也馬上回覆。

——辦公室。

我再次查看時間，才放下終於快要讀完的書。先前還擔心三本這麼厚的小說，不知道要看到什麼時候，沒想到不知不覺已經快讀到結局了。主角幾乎解開了所有歌曲的祕密，正要前往最後一個地點，尋找他認為仍然在世的父親。

不過，這種情況一般都是父親在最後關頭為了拯救兒子而死吧？我還沒讀到結尾，只能隨意地猜測著，順勢闔上疲憊的雙眼。在沒見到他的這段期間，我似乎莫名有些焦慮。

仔細想想，明明沒做什麼，生活也一如往常，但或許是刻意將心力全都投注在工作上，才會在精神驟然放鬆下來的時刻產生這種微妙的感覺。那日與他纏綿的炙熱彷彿仍在肌膚上躍動，讓我每每想起他，身體就不受控制地跟著躁動。所以我必須時刻壓抑自己，畢竟我和他都有自己該完成的事。

是啊，我們還有要對抗的敵人。不過說也奇怪，明明已是計畫的最後關頭，也幾乎可說是勝券在握，我卻沒有任何興奮的感覺。那明明是我期盼的結果，我也是為此才踏入這個圈子，理應感到開心才對。可比起喜悅，我最先感受到的，卻是一股微妙的恐懼。

感覺復仇結束後，我的心臟將頃刻化為一座空無的廢墟，再無法被任何東西填滿，徒留一個深不見底的空洞。所以昨天接到貸款公司老闆的電話時，我也並無任何感想。

『那傢伙已經來借兩次錢了，他好像非常急著用錢，還大放厥詞說自己是藝人，只要接到熱門角色，就可以輕鬆賺到錢。呵呵，對，那傢伙說得沒錯，正因為他是藝人，我才能賺得更多。總之，謝啦，之後還有認識其他藝人的話，再幫我推薦一下。』

我知道他說的「能賺得更多」是什麼意思。債務人無法償還借款的時候，債主通常有幾種方法可以將錢拿回來，其中之一就如同老闆所說，是身為藝人可以賺取更多金錢的工作。明新知道嗎？現在水已經淹到脖子，在他忙著仰頭呼吸的時候，卻沒發現腳下的土地已然岌岌可危，崩毀在即。

現在的明新，只讓我覺得可笑。因為他自己是靠著金主上位，無法對我提起金主這件事視而不見。更何況我的名字還出現在試鏡名單上，他內心一定萬分著急吧。被貪妒蒙蔽雙眼的他，大概沒意識到自己借取的金額已是難以負荷的天文數字，只打算一古腦把錢花掉，試圖做出無謂的掙扎。而在接到貸款公司老闆電話的兩天前，面善男傳來的訊息也宣告了明新的沉淪。

——有人說宋宥翰已經失去金會長的青睞了。詳情我不太清楚，但他好像偷偷挪用金會長的資金被逮到，所以亨碩又被叫回來了。

我們最後的聯繫到這裡就結束了。沒想到鬼迷心竅的明新居然把自己搞到被迫離開金會長身邊。即便得出簡單的結論，我在意的卻是另一件事。本來以為是明新為了討好金會長而盯上漢洙，但看到這封簡訊後我才倏然醒悟，盯上漢洙的人其實是亨碩。

好吧，為了釣到大魚而動了貪念的人顯然是亨碩，看來他真的很不想錯失徹底霸占明新地位的機會。於是我再三拜託現場經紀人盡量跟在漢洙身邊。儘管他聽到請託時滿臉不願，只是靜靜地看著我，但我一拿膝關節威脅他，他便二話不說乖乖就範了。

一切都進行得非常順利。一星期後將迎來神經病的決戰日——召開幹部會議的日子，到時候金會長應該就會徹底垮臺吧。而我也會看著明新一敗塗地。不過，是一切都太順利的緣故嗎？有股莫名不安的情緒一直在我內心深處蠢蠢欲動。

即使明新已如我所願，愚蠢地落入陷阱，神經病也信誓旦旦保證會取得最終勝利。難道我的不安僅是害怕復仇成功後遺留下的空洞嗎？為何我總感覺自己遺忘了什麼？

隔天晚上回家的路上，我從神經病那裡接到的不是簡訊，而是一通電話。

『你在哪裡？』

那瞬間，我真想把他在手機裡的名字改成「你在哪裡」。我一邊在內心吐槽，一邊開口回應。

「公司前面的公車站。」

『來我家。』

你家？我先是看了一眼時間，現在才晚上九點，傳聞中為了與公司徹底切割、每天都留下來加班整理工作的傢伙，居然已經回家了？我正感到詫異，他便主動開口解釋。

『為了讓你欣賞好看的東西，我刻意空出時間。你過來，我們一起看。』

「要是不好看呢？」

『不，你一定會覺得好看。』

你怎麼敢保證？當我正要挖苦他的時候，就聽他說出了原因。

『要是你認為自己演的第一部電影不好看，那就糟糕了。』

我演的第一部電……嗯？

「電影已經剪輯完了？」

發現我的聲音帶著些許興奮，他輕輕笑了笑。

『只是臨時剪輯版，我跟導演說想先看，請他提供給我的。我已經開始看了，你快過來吧。』

接著，他便掛斷電話。我完全忘了他不等人回應就掛斷電話的惹人厭舉動，趕緊轉身前往地鐵站。最近幾乎沒什麼事能讓我感到興奮，說也奇怪，一聽見電影的事，我便雀躍了起來。我從來沒看過自己演出的作品呢。

就算擁有再怎麼強大的心臟，我對此也有些膽怯。我在鏡頭裡一定很好笑吧。當我小跑著前往地鐵站時，電話又再次響起，來電者是面善男。他最近都沒和我聯絡，我正有點擔心，於是毫不猶豫地接起電話。

「喂？」

『……』

「喂？」

『呵呵……是很熟悉的聲音嘛？』

我猝然停下腳步，話筒另一頭傳來的、瘋狗的聲音讓我徹徹底底愣在原地。

『原來就是你？是你派這傢伙來臥底？』

「……」

『回答我，是不是你派他來臥底的？嗯？』

「……」

『哎呀，之前不是很囂張嗎？怎麼突然不說話了？呵呵。』

我感覺地面上浮出一隻隻無形的手，緊緊纏繞著我的雙腿和腳踝，好似要將我拖入無盡的深淵。四周忽然被黑暗籠罩，這裡彷彿不再是熙來攘往的街道，而是某種讓人寸步難行的黑暗沼澤。此時此刻，我終於想起了那被我遺漏的……不，是被我遺忘的事。

「電話的主人在哪裡？」

有別於內心的驚滔駭浪，我輕描淡寫地詢問。他粗糙嘶啞、令人不爽的笑聲傳進了我的耳中。

『想知道的話，就自己過來啊。』

「哪裡？」

『嗯……你在哪裡？要是輕易透露地點，你帶著一堆麻煩人物過來，我會怕耶，呵呵。』

我簡短說出自己的所在位置。他似乎對於我輕易給出答案感到十分驚訝，忍不住再三確認真假。

「是真的，你還怕我說謊嗎？」

『幹，果然只會嘴砲。』

他爆了一聲粗口，隨口指定了一個地點。

『給你二十分鐘，你先過去那裡。只要晚到一分鐘，你就再也見不到這小子了，我正打算把他關在地下室當狗養呢，呵呵。』

要到達他說的地點，至少需要三十分鐘。然而，比起煩惱該如何在二十分鐘內趕到，他接下來的話反而更吸引我的注意。

『對了，如果你想帶上次那個關節炎大叔過來，那你就帶吧，我非常歡迎。』

他為什麼會期待見到現場經紀人？而我的疑惑，在他接下來興奮的語氣中徹底消失無蹤。

『那個大叔最近一直緊跟著一個叫漢洙的小子，讓我很不爽。要是你叫那個大叔過來，我會很開心的，畢竟那個小弟弟是我們會長覬覦的對象，我自己也很想好好品嘗呢。你有本事的話，就找他一起來吧。』

低聲警告的他，對沉默的我繼續補充。

『還有，你在移動過程中不准掛斷電話，要時不時回答我的問題，讓我聽到你的聲音，我可不希望你隨便打給其他人。來，該跑起來了。』

如同他的指令，我拿著手機開始拔腿狂奔。一攔到計程車，我便喘著氣說出目的地。然而，才開了三分之二的路程，計程車便被壅塞的車潮堵在路中間。耳邊傳來瘋狗親切提醒我還剩下七分鐘的聲音，我沒看車資多少，直接遞出一張萬元鈔票，便下車再次狂奔。

呼，呼，呼……

劇烈的喘息在口中起伏，我完全不敢停下腳步。但在經過某個街頭攤販時，紛亂的步伐倏然停駐，我沒有出聲，只是快步靠近並將錢丟給老闆，迅速拿起其中一項商品，並再次發足狂奔。眼見目的地近在咫尺，腳下更是不管不顧地瘋狂加速。

直到終於抵達瘋狗說的地點，我才敢彎下腰大口喘氣。發瘋似的玩命狂奔，心臟彷彿要脫離胸腔般劇烈跳動，在這種狀態下，我連一句簡簡單單的「我到了」都說不出口。也不知道瘋狗是怎麼知道的，他甚至還安慰了我一句「辛苦了」。

「接下來……要怎麼做？」

『我的人就在附近，他會開車去接你。那就待會見囉，呵。』

話音剛落，他便嘟一聲掛斷了長達二十幾分鐘、手機都已發燙的通話。抬眼一看，一輛黑色轎車正好停在我面前。貼了隔熱紙的車窗緩緩搖下，上次在公園見過的其中一個傢伙示意我上車。我一坐到後座，車門便自動上鎖，車子也開始行駛。坐在前座的傢伙轉過頭，朝我伸出手。

「把手機關機，交出來。」

我依照指示交出手機後，他指向我身旁的一塊長布。

「蒙住眼睛。」

「為什麼？」

「有人叫我警惕你的一切。」

我只是靜靜地看著他，而他可能是脖子痠了，便將頭轉了回去，繼續放話。

「不願意你就直接下車吧。」

沉默片刻，我拿起一旁的布條蒙住自己的眼睛。爾後，車輛行駛時的晃動斷斷續續地傳了過來——在一片伸手不見五指的黑暗之中。

被剝奪的視線使我無法確認時間，感覺車子應該開了三十分鐘以上，似乎來到了郊區的某處。從某一刻起，原本不時停駐的車輛開始快速疾馳，暢行無阻。我們要前往的地方，應該就是他們舉辦派對的地點吧。只不過，我預期中風景秀麗的獨棟別墅，卻變成了距離道路不遠的三層樓小屋。

儘管四周一片荒蕪，他們依舊在停好車後才允許我拿下布條。而後他們也沒有強硬地脅迫我，反而親切地帶我走到裡面，就好像我從這裡逃跑也無所謂似的。我想，他們的自信來源於被抓走的面善男吧。

走進空無一物的屋內，最先撲鼻而來的是醫院消毒水的味道。在我跟著他們走向通往地下室的階梯時，一扇透出些微燈光、半敞開的門吸引了我的注意。消毒水的味道似乎正是源於那個房間。裡面像學校的保健室一樣，有著擺放各種藥品的櫥櫃、病床與點滴架。可能是察覺了我的視線，其中一個帶路的傢伙嘻嘻笑著開口。

「我們老大的屌太大，每個可憐蟲都被他肛到屁股爛掉。但畢竟他們是未來的藝人，我們還是會悉心照顧的。」

不知道那傢伙在開心什麼，令人不適的嗤笑久久未停，當笑聲終於止息，我們正好抵達地下室的入口，面前的門也被隨之推開。我一邊留神凝視著門把，一邊走了進去。裡面的空間比想像中更大、更空曠，只有像停車場一樣的柱子豎立其中。與樓上濃重的消毒水味不同，這裡的空氣摻雜著淡淡的酒氣和血腥味，以及地下室特有的、陰暗潮濕的味道。

喀噠、喀噠、喀噠。

鞋子踩踏地面的聲響在空曠的室內迴盪，不過，柱子旁另一個更為刺耳的聲音蓋過了我們雜亂的腳步。

「呃……唔唔……呃……咳，咳！」

夾雜著乾嘔的難受呻吟自不遠處傳來，走近之後，眼前情況一目了然。在公園見過的某一名瘋狗的手下，正將性器塞進一個裸體少年口中。

「唉，幹……你給我好好吹，臭小子。」

那傢伙舔著嘴唇叫囂催促，被揪住頭髮的人卻沒能照做。他此前似乎遭受了一頓毒打，身上遍是鮮血和瘀青。臉上一把鼻涕一把眼淚、哭得一塌糊塗的他，乍看之下大約是十五至二十歲的年紀。

我的視線從兩人身上挪開，掠過掏出性器晃來晃去的瘋狗和他的走狗。即使看到我現身，他仍頭也不抬，目不轉睛地看著部下欺負少年的動作。不，也許他們被欲望支配的大腦就只能想著那檔事了。

我的目光掠過地上的酒瓶和使用過的針筒，停在如屍體般倒臥在冰冷地板的人身上。癱倒在地的他，屁股和大腿之間早已血肉模糊，上頭零星遍布著乾掉的乳白色精液。

唯一遮住他赤裸身體的，是一條扣在脖子上的皮繩。那像是狗的項圈，上頭嵌有鉚釘，還連著一條鎖鍊。他似乎已經陷入昏迷，整個人一動也不動，我尚未看清他的長相，不過我敢肯定他就是面善男。而瘋狗接下來的發言也證實了這一點。

「你是來看他的吧？」

他依依不捨地收回目光，迎上我的視線。看著他混濁不堪的眼睛，我知道他現在不只是醉了，應該還沉溺在毒品的藥效中。

「你派那傢伙來我們這裡臥底，到底想得到什麼？嗯？就算他被順利安插進來，也只有旁觀派對的分。你說吧，既然人都來了，我們不如直接打開天窗說亮話。」

「我沒什麼好說的。」

「有沒有好說不是你說了算。」

打斷我說話的瘋狗再次挪開目光。他斜睨著看向一旁顫抖著射精的部下，說話間便將手覆上了自己的性器。

「我就是想不透，你到底想知道什麼？又想透過這些達成什麼目的？」

他一邊說著，一邊從唯一的桌子上拿起手機。

「『有人說宋宥翰已經失去金會長的青睞了。詳情我不太清楚，但他好像偷偷挪用金會長的資金被逮到，所以亨碩又被叫回來了。』」

念完面善男傳給我的最後一封簡訊，他抬起頭來，撫摸性器的手逐漸加速。

「而且你知道他把收件人存成什麼嗎？」迅急的手淫讓他的呼吸逐漸急促，他一邊大口喘著粗氣，一邊告訴我：「恩人。呼呼……哈啊，他寫你是『恩人』。」

啪答。乳白色的精液從龜頭滴落，他心滿意足地舔了舔嘴唇，看向我的目光依舊帶著骯髒的欲望。

「我知道你對宋宥翰心懷怨恨，簡訊內容我還能勉強理解，但你怎麼會是他的恩人？嗯？你承諾給他什麼？」

我沒有回答，轉而看向不知道還有沒有呼吸的面善男。

「他是怎麼被抓的？」

瘋狗扣起鬆開的褲子，親切地回答我。

「因為他想偷偷放走那傢伙，我就把他抓起來了，結果發現他手機裡存著這麼有趣的內容。」

他指向倒在地上、正蜷縮著身體顫抖的少年，而後瘋狗又興奮地繼續說道。

「結果一打電話過去，居然立刻就被接起來了。你知道當我聽到你的聲音，究竟有多開心嗎？」

我的目光從少年身上移開，環視著其他陰暗的角落。

「在哪裡？」

瘋狗問了句「誰」之後，我瞟了他一眼，開口回答。

「找出間諜的人。憑你只知道屄槍和射精的腦子，應該不可能察覺。」

我一邊說著，一邊環顧四周，最後目光直直望向某個方向。

「一定是那個叫亨碩的傢伙發現的吧。」

我平靜的聲音在地下室迴盪。沒過多久，燈光無法穿透的陰影裡好似有什麼東西正在移動，隨著一陣陡然響起的腳步聲，原先藏身於黑暗的傢伙終於現身。那個瞬間，我幾乎忘了當下的處境，差點忍不住笑了出來。從晦暗角落走出來的他，理直氣壯瞪著我的眼神簡直和明新一模一樣。明明不是同一個人，他看起來卻像極了明新。儘管沒有我的推波助瀾，他遲早也會變成跟明新一樣的貨色，但我好像讓他提前成長了。

「對，就是我發現的。」原本瞪著我的眼睛，轉而直盯著面善男，「因為那傢伙有點反常，突然跑來跟我裝熟，明明一臉不情願，卻還是硬要跟在我身邊。一開始我以為他是想搶走我的位置……」

他回頭看向我，開口痛罵。

「幹，你們兩個居然聯合起來耍我？後來我仔細想了想，畢竟你想摧毀宋宥翰，這件事八成是由你主導，但那傢伙為什麼會加入呢？答案馬上就揭曉了——那傢伙是背著我故意混進來的。你們是不是說好，你向宋宥翰復仇，那傢伙向我復仇？所以你才要從中挑撥離間？」

「看來你也不是很蠢嘛。」

「什麼？哈，少跟我屁話！總之，託你們的福，可以把宋宥翰從金會長身邊弄走，以結果來說我非常滿意。不過……你們這些王八蛋總有一天也會把矛頭指向我吧？」

他皺起眉頭，指著我對瘋狗說道。

「趕快把他帶走，不是說金會長等他很久了嗎？」

「又不是只有會長在等。」

瘋狗口水橫流，上下打量著我。

「敢那麼囂張、眼神又不會畏縮的傢伙可是非常珍貴呢，想必後面應該緊得不行吧。」

他咧嘴一笑，朝我踏出一步。

「雖然很想直接在這裡好好跟你玩玩，不過會長先前就一直在等了。我說要帶你過來，他老人家簡直龍心大悅呢。」

在瘋狗用動作示意後，除了亨碩以外的四人便朝我走近。我漫不經心看著他們，對瘋狗說道。

「不用那麼麻煩，帶路吧。正好我也有話要跟他說。」

「有話要跟會長說？」

他伸手制止準備上前的部下，開口詢問。此刻他理應在毒品的作用下神智不清，但一聽我提起金會長，他便立刻目露凶光。

「你敢耍小動作的話，就不只是單單幹你這麼簡單了。」

「要是我想耍小動作，還會親自跑來這裡？」

我冷笑著回嘴，不經意低頭看向仍昏迷不醒的面善男。

「難道你真以為我是來救他的？」

「你不就是因為這樣才衝過來的嗎？」

「我為什麼要救他？」如此反問之後，我繼續說道，「我只是來確認那個蠢蛋有沒有洩漏重要機密。」

「……重要機密？」

「關於尹理事的事。」

瘋狗瞇起眼睛，似在探究我的話真假與否。而我則繼續從容地說道。

「所以你最好老老實實把我帶到金會長面前，畢竟我是來談判的。」

「拿出證據來啊，你怎麼會知道尹理事的事？」

「我跟他睡過。」我對著驚訝的他繼續開口，「他曾告訴過我一些非常重要的機密。不如給你一點提示吧？金會長是不是一直查不到尹理事的過去？你知道這是為什麼嗎？因為尹理事本來不姓尹。」

瘋狗先是打量般看著我，片刻過後，才半信半疑地帶著我走向門邊。他的部下像監視犯人一樣緊跟在我身側，而亨碩則在最後方用充滿懷疑的眼神直盯著我。他們似乎要放任倒在地上的兩人自生自滅，鐵門打開後，瘋狗率先走了出去。

接著，其中一名部下和我也跟著踏出腳步。一跨過門框，我立刻原地轉身，只見門後的傢伙露出一臉驚訝的神情，愣愣看著我朝他直揮而出拳頭。

啪！

下巴被正面擊中的跟班踉蹌著退後，而最先走上樓梯的瘋狗和另一名部下也被我突如其來的舉動驚得回頭看了過來。然而，我的動作更快。隨著腳下用力，我狠狠踹開想跟出來的傢伙，迅速將鐵門緊緊關上。

砰——喀啦。

門鎖剛落，身後便有人朝著我的背部猛然一踹。

「你這個王八蛋！」

咻——匡！

打算襲擊我的人失去準頭，最後踢到鐵門上。我沒有錯失良機，朝他露出的膝窩猛力一擊。

啪！

「呃呃！」

他屈膝倒地的瞬間，我像踢足球一樣，朝他的頭部一記猛踢。

砰！

他的頭再次撞上堅硬的金屬門板，發出一聲巨響。砰啪一聲，失去意識的軀體滑落在地，而我也轉身面向在正前方怒視著我的瘋狗。身後不斷傳來轉動門把的喀啦聲和鐵門被用力猛踹的匡匡噪音，不過，比起面前眼含怒火的瘋狗，那點打鬧顯然不足以分散我的注意力。

「這種狡猾的手段不太適合你吧？」

「我本來就很擅長這種事。」

與此同時，我主動朝他撲了過去。只見瘋狗咧嘴一笑，迅速扭轉上半身，輕鬆閃過了我的拳頭。毒品的效果明明尚未減退，他的身手卻和上次打架時一樣靈活。而且可能是藥效的關係，他的力氣變得更大了。

啪！

在他閃躲的同時揮出的拳頭，正面擊中了我的肋部。濃烈的窒息感瞬間湧上，我強忍著彎腰喘息的本能，迅速往後撤開。不過，他的手卻以驚人的速度再次襲來。

啪！匡噹！

我勉強舉起手臂擋住臉，但被逼到門邊的身軀已是避無可避。

呃……

我強忍著將呻吟吞了回去，他的腿卻再次跟上。我舉起手臂護住頭部，方才被擊中的肋骨又一次被狠狠擊中。

「呃……」

痛苦的喘息無力地從口中溢出，傾倒的身體歪向一旁，而他的腳此時正用力地踩住我的胸口。

啪！

「嗚……」

接連不斷的攻擊讓意識模糊片刻，令人噁心的暈眩感直衝大腦，我忍不住反胃地乾嘔幾聲。身體不受控制地蜷縮，劇烈的喘氣瘋狂拍打肺部，「喀噠」一聲，一雙穿著皮鞋的腳在我面前停住。

「蠢貨，我乾脆在這裡先幹你一頓算了。」

下一秒，只見他抬起腳，作勢要踹在我的臉上。他粗壯的腿近在咫尺，我努力睜開視線模糊的眼睛，確認好位置，往旁邊一滾，順手掏出藏在腰間的某樣東西。

在販售各種雜貨的地攤商品中，有一把折疊刀。我握住事先展開的利刃，狠狠插進那傢伙的大腿，然後使勁一扭。噗滋一聲，鋒利刀刃瞬間沒入血肉，一抹鮮紅倏地隨著扭轉的凶器在皮膚上綻放。伴隨瘋狗發瘋似的慘叫，那割開肌肉組織、令人毛骨悚然的黏膩觸感清晰地自手中傳了過來。

「呃啊——！」

他緊抱著腿癱坐在地，刺眼的鮮紅迅速沾濕了地板和我的手。我用染血的手扶著鐵門，踉蹌起身。被多次擊中的肋骨讓我幾乎直不起腰，只能勉強咬緊牙關，緩步走向仍在淒厲慘叫的他，並狠狠踹向他的頭部。

啪！啪！啪！

黏稠的腥紅如大腿的傷口般在他臉上流淌，每次抬腿，灼紅的液體便在我的衣服上留下一片斑駁。直到發現他已一動也不動，我才終於停下動作。我虛弱地喘了口氣，轉頭望向身後仍在喀啦作響的門。

「哈啊，哈啊……」

大口深呼吸幾次之後，我邁開腳步，伸出因染血而變得濕滑的手，打開了上鎖的門。

喀啦。

嘰咿——

一推開門，就聽其中一個部下正大聲喊道。

「幹，老大！一定要弄死那傢伙……」

嘰咿咿——

我把門推得更開，朝著話沒說完就愣住的他，以及他身後的其他人邁出腳步，舉起沾染著鮮血的拳頭——

呃——

揹起面善男時，我忍不住發出呻吟，但我還是咬緊牙關站了起來。自己連站直都有困難，還要揹負一個人的重量，不堪負荷的雙腿顫顫巍巍地瘋狂發抖。雖然感覺雙腿連一步都走不了，最後我還是強迫自己邁開腳步。當我艱難地轉過身時，有人從後方叫住了我。

「也、也……也帶我走吧。」

轉頭一看，只能勉強抬起頭的少年正迫切地望著我。我看著他，冷漠開口。

「要跟來的話，就自己站起來。」

話音剛落，就見他一邊顫抖，一邊努力用手臂撐起上半身。然而，他卻再次無力倒下，露出盈滿淚水的眼睛。

「我、我做不到，嗚嗚嗚……」

我走到他身前，俯視著哭泣的他。

「不要裝了，給我起來，臭小子。」

聽見我凶狠的語氣，他的肩膀瑟縮了一下，但還是一邊顫抖著，一邊努力挪動身體，最後好不容易才雙腳撐地站了起來。我帶著他走向瘋狗一伙人倒下的方向，亨碩並不在其中，他早就趁著我和其他人交手時逃跑了。

跨越他們移動的途中，我朝突然安靜下來的身後望了過去，只見少年正驚恐地佇立在原地，眼神中透出無法抑制的恐懼。那些傢伙明明已經昏了過去，連他的一根寒毛也碰不了。我刻意用下巴指著其中一個昏倒的傢伙，命令他。

「你把他口袋裡的手機拿出來，開機。」

「我、我嗎？」

「對。」

我果斷對著膽戰心驚的他繼續說道。

「你非做不可。」

上到一樓後，少年走進像保健室的房間，拿出兩件看似浴袍的外套。就在這時，一陣虛弱的耳語自極近的地方傳了過來。

「……你怎麼……來了？」

看來他知道瘋狗打了電話給我。雖然他昏了過去……不，或許他並沒有完全昏迷，而是昏昏沉沉地旁聽著一切。沉默片刻，我向他說出自己來到這裡的原因。

「為了想起來。」

他微弱地問了句「什麼」，但我沒有多做解釋。就算解釋了，看起來又昏過去的他應該也聽不見吧。不過，我說的是真話。我必須想起來。想起因沉溺於對神經病產生的悸動而被遺忘的事，起在和經紀人、漢洙、愛麗絲社長、店經理等讓人發自內心感到快樂的人們見面時，被掩藏在角落的真相。

做任何事都必須做好承擔代價的覺悟。至少在展開復仇之初，我還清楚記得這一點。我曾經認為，不管要付出什麼樣的代價，我都必須繼續復仇。於是我拉攏面善男，並欺騙亨碩，讓他變得像明新一樣。當時的我還記得，這一切代價可能會像迴力鏢一樣，全都回到自己身上。

但在見到那些溫柔的、令人開心的人們，見到觸動我心弦的他之後，我似乎漸漸將之淡忘。如果幸運的話，復仇說不定真的能劃下一個完美的句號。彷彿從某一刻開始，我竟一心只期待著這種幸福結局。直到接到瘋狗的電話，我才倏然醒悟自己究竟遺漏了什麼，不安的原因又是什麼。

復仇中僅有自己變得幸福的結局，只不過是虛幻的假象，而殘酷的現實，就是必須做好付出任何代價的準備。過去的所作所為將會原封不動、或是加倍回到自己身上。假如此時身上這沉甸甸的重量與即將倒下的虛弱身體就是我必須付出的代價，那真是太便宜我了。

「找、找到車鑰匙了。」

年紀不大的少年一邊瑟瑟發抖，一邊穿上自己拿回來的衣服，並將另一件披在面善男身上，然後向我伸出手。是說，這傢伙怎麼從剛才開始就一直對我說半語啊？我一邊思考著，一邊用眼神示意他帶路，見狀，他趕緊搖搖晃晃地走了出去。

他熟練地按下按鈕，找到與鑰匙配對的車子後，率先走了過去。可能是一想到馬上就要脫離這個淫窟，他驟然恢復力氣，飛快地走到車邊，打開後座的門等待我。我剛讓面善男在後座躺好，就發現他的狀態不太正常，胸口只剩微弱的起伏。

該死，得趕快送他去醫院才行。我站起身，正準備關上車門時，就見少年已迅速坐上駕駛座。嗯？駕駛座？本要關上後車門的手頓了一下，錯愕地看著已經繫好安全帶的他。只見少年用顫抖的手發動車子，催促我道。

「快、快上車。」

「你幾歲？」

「嗯？我？Nineteen。」

什麼停？反問的話剛到嘴邊，眼前的少年卻忽然瞪大眼睛，視線在我身後僵硬定住，驚恐而無助的眼睛正發出無聲的慘叫。我甚至不用轉頭，就知道有人來到了我的身後。

沉重的腳步聲夾雜著粗重的喘息，還來不及轉身，便有人用力抓住了我的肩膀。轉頭一看，一張傷痕累累又布滿鮮血的臉頓時映入眼簾。渾身是血的瘋狗露出鮮紅的牙齒，低聲咆哮。

「王……八蛋……」

媽的。我用力關上車門，對著車子大喊。

「開車！快直接開車！」

與此同時，為了甩開抓著我不放的瘋狗，我奮力揮出拳頭狠狠揍向他的臉。

啪！

他的頭轉向一旁，飛濺的鮮血在我臉頰上劃出道道紅痕，但他依舊死抓著我的肩膀，不肯放手。我再再朝他揮拳，並又一次大喊。

「趕快帶他去醫院！」

很快地，我聽見引擎聲逐漸遠去。我不斷朝著像水蛭一樣黏著我不放的瘋狗揮拳，他的腰幾乎被折成兩半，感覺我就快要成功掙脫他的箝制。只是，當我最後一次舉起拳頭時，猝然聽見了他陰沉嘶啞的低語。

「我要……殺了你。」

霎時間，一陣強烈的痛楚自腹部擴散。我看見從我面前退開的瘋狗踉蹌退後，砰一聲倒在地上。然而，我卻只能在原地動彈不得。我緩緩垂下目光，視線所及，是一把狠狠捅進腹部的凶器——是我刺向瘋狗大腿的那把刀。汩汩鮮血自傷口湧出，迅速浸濕了衣服。

啪啦。

我跪倒在地，努力專注於呼吸，但迅速蔓延的痛楚瘋狂撕扯著神經，痛得我幾乎失去理智。不知何時，我已整個人癱倒在地上。

哈啊，哈啊，哈啊……

心臟發瘋似的劇烈跳動，和急促的呼吸一起震得耳朵嗡嗡作響。意識在擂鼓般的心跳中逐漸遠去，讓我根本無法思考任何事情。倏然間，一道突兀的聲響劃破空氣——一臺手機正在不遠處隱隱震動。

大概是甩開瘋狗時，不小心被我甩到地上了。在意識到那是我的手機後，即使痛得快要死去，我依然對著腦中浮現的身影露出微笑。應該是神經病吧，他現在肯定氣瘋了。我顫顫巍巍地伸出原本按壓著腹部的手，原以為近在咫尺的手機，我卻伸長了整隻手臂才能勉強碰到。

嗡嗡——嗡嗡——

我的意識極其混沌，就連伸手都非常吃力，震動斷斷續續透過地面傳來，我卻無法再有任何動作。幽微的震顫沿著手臂傳遞到軀幹，明明只是機器無意義的重複震盪，那觸及心臟的顫動卻好似化作他呼喚我的聲音。

那沿著血管在體內傳開的震顫太過令人開心，以至於我根本捨不得按下通話鍵。因為那是讓我知道自己還活著的信號。我還活著，只要吸一口氣，再接起那通電話，就能聽到他的聲音了。

意識逐漸朦朧，心臟依然撲通狂跳，仍舊活著的喜悅太過強烈，像毒品一樣推開了我的痛楚。這是五年來，我第一次毫無罪惡感地為活著感到快樂。我勉強睜開眼睛，凝視著在黑暗中閃爍的紅光，手似乎就那麼一直貼著手機。片刻過後，我閉上眼睛，漸趨無力的手終於有了動作——啪一聲，已然失去血色指尖將手機輕輕推開。

喀啦、喀啦。

輪子滾動的聲音、搖搖晃晃的身體、周遭鬧哄哄的人聲。在短暫恢復的意識中聽見的話語，讓我感到一陣混亂。

「……護理師，請拿……過來！」

「麻醉科……目前待命中……聯絡外科……」

「……出血太嚴重，血壓……」

「請準備更多血袋！」

這是現實嗎？模糊的意識連這點也無法確認，便再次沉入黑暗。好累。即使身體被搖晃著，即使周遭喧囂吵雜，我依舊異常睏倦。我想再次回到方才一切戛然而止的時刻——那毫無負擔的、安穩的休息，是我當下最需要的。

而忠於本能的身體，如同緩緩調降音量般，讓意識逐漸朦朧。但在徹底放鬆前，在眾人急切雜亂的聲音中，我清楚聽見了一句話。儘管音量不大，那聲音依舊非常清晰。可能因為是那小子的聲音吧。對某人發號施令的聲音，果斷而冰冷——

「救活他。」

從某一刻開始，我意識到自己正在行走著。腳底下濕漉漉的，地面上有一層淺淺的積水，如果伸手拄著牆壁，似乎就能觸碰到令人不舒服的濕滑。眼前被一片濃重的黑暗籠罩，不過我知道這裡是一條隧道。我也不曉得自己是怎麼知道的，但我就這樣深信著，並持續向前方邁出腳步。鞋底在水灘上起落的聲響，在空曠的隧道內隱約迴盪。

啪啦、啪啦、啪啦……

感覺像是走在積著雨水的走廊，地面潮濕的水氣彷彿要穿透鞋底，浸濕整雙鞋襪。我沒有興起任何停下或折返的念頭，我甚至沒有目的地，也不知道自己為何在這裡走著，只是感覺必須繼續走下去。似乎唯有走在這條沒有盡頭的道路上，才是我該做的事。

這條路給人一種不時會有下水道生物出沒的感覺。幽暗、潮濕、令人不適，卻再適合我不過，是我這種傢伙該去往的地方。是這個原因嗎？我的內心反而一片平靜，認為就算這樣永遠走下去也無所謂。在這裡，我要做的事僅有持續向前行走。

啪啦、啪啦、啪啦……

安靜空無的隧道中，只有讓我知道自己正在移動的聲音會向我搭話——

——繼續走，別停下來。

我感覺自己走了很久，久到幾乎忘卻了時間，直到眼前倏然出現一道光芒。見到那道光，比起雀躍，更多的是不安。我希望繼續被埋藏在連自己都看不清的黑暗中，比起在光芒的照耀下看見其他東西，我更不想自己的樣子被顯現出來。

但我沒有停下腳步，原因和使我一直前進的理由相同——我感覺自己必須前往那裡。我並不好奇隧道外有什麼，離光芒越近，不安的感覺便越發強烈，心跳也隨之漸漸加速。

不知為何，還沒走出隧道，我便直覺認為接下來會看見自己熟悉的風景。果不其然，被我猜中了。不知不覺走出隧道的我，面前是一條無比熟悉的巷弄。我第一次停下腳步，望著巷弄的入口。這裡是哪裡？強烈的不安蠶食著我的內心，並化為一聲聲急促鼓動的心跳。

怦、怦、怦……

這是我和明新同居時的住處附近。一回想起來，方才停下的腳步又再次動作。起初是緩步前行，沒過多久，腳下便不自覺地加快速度。噠噠、噠噠，我飛速朝著窄巷前進，明明沒跑多久，怦然作響的心臟卻讓我喘得上氣不接下氣。為了止住雙手的顫抖，我只能刻意握緊拳頭。

繞過蜿蜒曲折的巷弄，在即將抵達曾經住處的門口時，一股令人激動的恐懼瞬間填滿了我的胸腔。我感到一陣口乾舌燥，口腔如沙漠般乾涸，灼熱的吐息不斷從唇邊溢出，焦急的情緒迫使我繼續快速前進。

我知道在那裡等我的人是誰——穿著不合身的制服、帶著木訥表情等了我好一陣子的弟弟。把書包掛在電線桿旁邊的他，轉身面向從遠處跑來的我。頂著一頭短髮的瘦削臉龐，不經意地朝我的方向望了過來。

哈啊，哈啊……

我停止奔跑，一刻不停地凝視著弟弟，緩緩朝他走近。只是，不由自主顫抖的身體卻將我出賣。拳頭被緊緊握住，指甲深深嵌入掌心，隱約的疼痛依舊無法止住手臂的痙攣。那副模樣一定十分可笑，但我毫不在意。

「哥，你為什麼現在才回來？」

弟弟似乎在那裡等了很久，在看見我的瞬間立刻開口問道。霎時間，我的心臟倏然一沉。應該要出聲回答，乾渴的喉嚨卻無法發出任何聲音。身體仍在顫抖，我卻連一根手指都抬不起來。迫切想要開口的情緒堵住了呼吸，讓我只能像看著陌生人般，望著他木訥的表情。我好不容易停下腳步，艱難地張開嘴巴。

「……你走吧。」

聽見我堪堪擠出的一句話，弟弟只是冷眼看著我。

「……你快走。」

我強忍著內心洶湧的酸澀，輕聲吼了弟弟一句，然後張開雙臂護住他，帶著懼意的眼睛不停環顧著四周。

「你快走，你不可以待在這裡。」

我像瘋了一樣，視線在鴉雀無聲的巷弄中來回逡巡。總感覺不知何處會突然出現一把利刃，劃破此刻的平靜。

「我叫你快走！」

我對著弟弟大喊，他卻無動於衷。我慌張地轉頭看他，卻發現他正直直地盯著我，好像我很奇怪似的。那一刻，我驟然想起了一件事——醫藥費。啊，對……我要給他醫藥費。

「你別擔心媽媽的醫藥費，我馬上就會把錢準備好，去醫院……」

「什麼錢？」

什麼？本就緊繃的身體倏然如石膏般僵硬，我緩緩轉頭看向弟弟。他居然問我「什麼錢」？你來這裡不就是為了跟我討要媽媽的醫藥費嗎？然而，弟弟只是一直凝視著我，好似不明白我在說些什麼。

「媽媽不是住院了嗎？不是說她病倒了？因為她要動手術，你才會來找我……」

「錢你已經給了啊。」

我知道，我給過一筆錢，但那筆錢遠遠不夠，該死，因為我給得不夠……要是我當初給出全部的錢就好了。所以我現在至少要把所有錢……

「哥，媽媽的醫藥費你不是全都給我了嗎？」

方才冷靜下來的心臟又開始怦然作響。總覺得有哪裡不對勁，我明明沒有給他全部的錢，他怎麼會說出這種話？

「你記錯了，我才沒有給你全部的……」

「你都給我了。」

「……」

「就是因為你給了，我才能繳清媽媽的醫藥費。」

不，我都說沒有了，你為什麼一直那樣說？我焦急地對面無表情的他大喊。

「你不要胡說八道了，趕快離開。這裡很危險，我之後再給你錢，我知道你現在來找我是為了拿媽媽的醫藥費……」

「都說我不是過來拿錢的了。」

弟弟再次駁斥了我的話，這時我終於徹底將頭轉向他。

「你說你不是來拿錢的？那……你來幹嘛？」

「來叫你不要再跟我聯絡了。」

「……什麼？」

我不知道自己僵住的嘴是如何張開、又是如何發出疑問。微顫的聲音在空氣裡迴盪，弟弟沉默片刻，再次給出答覆。他的聲音毫無起伏，聽起來甚至有些冷漠。

「別再跟我聯絡了。你離家後，我們就形同陌路了吧？幹嘛還一直找機會聯絡我？」

「你在說什麼……」

「哥，媽媽和我都覺得你很煩。」

「……」

我愣在原地，弟弟木訥地看了我一眼，最終轉身背對著我。我下意識伸手想叫住他，而他似乎若有所感，身體轉到一半便停了下來，對我說出最後一句話——

「去過你自己的人生吧。」

弟弟的聲音恍若殘影般在耳邊迴盪。當幽微的聲音以極其緩慢的速度沉入地面，再也聽不見時，我倏然睜開了眼睛。身體無法動彈，眼前一片灰濛。我眨了幾下眼睛，閉了又睜，睜了又閉，茫然地凝視著陌生的天花板。這時，一個陌生女人的臉映入了我的眼簾，她驚訝瞪大的雙眼在模糊的視線中顯得格外清晰。身穿護理師制服的女人倒抽一口氣，對著某處大喊。

睡。

「病、病人醒了！」

聽著她的呼喊，我再次闔上眼睛。但我並未返回隧道，而是真正地陷入沉

後來，在醫生和護理師前來為我檢查身體時，我才得知自己正躺在醫院的加護病房。在我清醒後沒過多久，便被轉到了一般病房。而在那裡迎接我的，是我不太想聽見的聲音。

「嗚嗚嗚——泰民！泰民！」

「嗚哇——天啊，泰民先生活下來了，嗚嗚嗚……」

兩人一左一右抱著我痛哭，我才發覺自己的腹部正猛烈抽痛。我忍不住在內心咒罵了聲「噢，幹」，所幸醫護人員盡職地幫我解了圍。

「病人需要靜養。」

對這種事見怪不怪的護理師，輕而易舉將他們從我身邊拉開。被她的怪力撥開的兩人重心不穩地踉蹌了一下，又再次撲了過來。雖然這次他們改抓著病床的鐵架，我的耳朵還是一樣被吵得嗡嗡作響。

「泰民！你……嗚嗚，你認得我是誰嗎！是我，是我啊！」

「嗚嗚嗚——泰民先生，你看得到我嗎！知道我叫什麼名字嗎?!」

「……」

「嗚嗚！泰民！你怎麼不說話？嗚嗚嗚……認不得我了？不記得了？怎麼

辦？他好像不認得我，變成笨蛋了！」

「嗚嗚——泰民先生，你變成笨蛋了嗎？怎麼辦？經紀人，他脾氣差就算了，居然還變成笨蛋！」

一清醒過來，居然就被兩個笨蛋罵笨蛋？我的臉色越發陰沉，兩人卻一直笨蛋笨蛋地叫個不停。我簡直要懷疑他們根本是故意的，最終還是忍不住開口。

「……你們閉嘴。」

可能是沒什麼力氣的緣故，我的聲音有些沙啞，而他們又再次提高嗓門。

「呃啊啊！泰民！你認得我嗎？嗚嗚嗚！一模一樣！你那種討人厭的語氣跟平時一模一樣！」

「嗚嗚嗚……真是太好了，泰民先生！你不是笨蛋！你不是笨蛋！嗚嗚嗚嗚——」

我忍不住罵了句「媽的」，兩人卻反而欣喜若狂，又折騰了好一陣子。可惡，我怎麼就活下來了啊？

在兩人如同颱風肆虐的哭泣緩和下來之後，我才終於了解情況。

「……一星期？」

我吃力地坐起身。哭到眼睛紅腫、變成鼻涕精的兩人，一邊抽泣一邊點頭。

「對，你昏迷了整整一週才醒來。」

「明明說手術很順利，你應該馬上就會醒了，可你卻昏迷了整整一星期，我們都快擔心死了。」

「……」

這時我才發現，兩人的模樣十分邋遢，衣服皺得像幾天沒換，臉上的鬍子也沒刮。看起來又老了幾歲的經紀人似乎終於恢復冷靜，只聽他繼續說道。

「腦部掃描沒有發現任何異常，手術也很順利，就連醫生也找不出原因。因為無法得知你昏迷的病因，實在沒辦法進行治療……」

說到一半又開始哽咽的經紀人，啞著嗓子繼續開口。

「所以只能等你自己醒來。」

漢洙在一旁小聲抽泣，接續說道。

「我們真的很擔心你醒不來，因為你昏迷太久了，嗚……太久啊……這也許在所難免吧。因為我必須去見弟弟一面。即便那可能只是潛藏在我內心、日以繼夜的盼望所形成的幻影。在我短暫陷入沉思時，兩人的啜泣終於止住了。我抬起頭，問出自己最好奇的部分。

「我是怎麼來到醫院的？」

只見經紀人和漢洙同時搖了搖頭。

「我不清楚詳細情況，我跟漢洙也是接獲通知才趕來醫院的。我們抵達的時候，你已經開完刀，被送進加護病房了。」

「是誰聯絡你們的？」

之所以這麼問，是腦中有段記憶總是隱約浮現。我猜那真的是神經病的聲音。

——救活他。

只是，經紀人的回答卻另有其人。

「朴室長。」

「……」

「被你一說我才想到，我們沒問朴室長是怎麼得知消息的，當下實在太慌亂了。」

經紀人歪著頭，一旁的漢洙則提出另一個疑問。

「經紀人，還有那個啊，醫藥費。」

我疑惑地問了句「什麼醫藥費」後，經紀人「啊」了一聲，點了點頭。

「對，醫藥費也很奇怪。這裡是特等病房，我去問住院部你的手術和醫藥費要多少的時候，他們居然說已經付清了。」

我在一旁默默聽著，而經紀人彷彿想起什麼似的，又說了一件事。

「我聽護理師說，一開始帶你來醫院的是個年輕男人。他抱著腹部插著刀、渾身是血的你過來，叫他們要把你救活，就直接離開了。聽說那個男人的表情真的非常可怕。」

漢洙點點頭附和，說他也有聽到護理師是如何描述那個男人有多麼恐怖。

但我無暇顧及他們的對話，腦袋裡只想著一件事——他是怎麼知道我的位置的？

然而，我沒能思考太久，經紀人接著哽咽說出的話，讓我微微一愣。

「你能活下來，真是奇蹟。」

轉頭一看，只見他熱淚盈眶地繼續說道。

「這是醫生跟我們說的。你的出血情況非常嚴重，幸好刺進腹部的刀沒有傷到內臟，你才勉強保住一命。真的是奇蹟啊。」

奇蹟。活下來是奇蹟啊……我將對我而言並無任何感觸的詞拋諸腦後，想起了更為現實的問題。

「你們知道除了我以外，還有誰被送來醫院嗎？也是我們公司的藝人。」

問到一半，我才發現一個疑點——經紀人和漢洙為什麼沒問起我受傷的原因？果不其然，他們互相使了個眼色，露出凝重的表情。接著，經紀人小心翼翼地反問。

「泰民，讓你變成那樣的傢伙……是金會長那邊的人嗎？」

「為什麼這麼問？」

他再次停頓，靜靜凝視著我，過了好一陣子才開口。

「在你昏迷期間，不僅是公司，整個社會都不太平靜。兩名練習生遭人綁架、好不容易逃出生天的消息在網路上不脛而走。因為其中一個受害者是夢想旗下的練習生，而參與綁架的也是夢想旗下的演員，所以整件事鬧得沸沸揚揚。雖然現在熱度稍有減退，不過就像車中宇事件那時一樣，記者們都堵在公司門口，搞得公司一片烏煙瘴氣。」

「是誰爆料的？」

經紀人「嗯？」了一聲，我再次詢問他上網公開消息的人是誰，而他隨口說了一個我不認識的名字。但在聽完他的解釋後，我好像知道那個人是誰了。

「另一個受害者是剛滿二十歲的少年，家境好像不錯。他似乎為了成為藝人獨自離家，憑著一股衝勁來到韓國，想成為我們公司的練習生。據我打聽到的消息，他父親是在美國事業有成的有錢人，因為家裡有權有勢，記者們都相當關注這次的綁架案。一般來說，網路上的爆料和新聞大多都會石沉大海，這次算滿幸運的，畢竟受害者的背景比想像中雄厚。」

啊，原來他成年了，難怪會開車。話說回來，亨碩這小子也太蠢了，一心只想著獲得金會長青睞，居然連別人的家世背景都沒搞清楚就隨便出手。

「那個受害者還在證詞中提到，是有人前去拯救了他們。」

經紀人望向我的眼神中，流露著我無法形容的溫柔暖意。

「他說不知道那個人的名字，所以沒有透露更多資訊。不過他描述了對方拯救自己的過程……我感覺那個人就是你。而且另一名受害者也是和你一起上過課的練習生。」

「……」

「是你對不對？」

感覺這個問題不需回答，於是我只是靜靜凝視著他。只見經紀人又露出溫暖的笑容。

「那個受害者在另一間醫院，應該不知道你的情況。他接受記者訪問的時候，還說他在找你呢。」

「他們兩個都平安無事嗎？」

「嗯，聽說那個受害者和另一個人的情況都有好轉了。雖然另一個人好像也動了手術，但畢竟他是為了救受害者才受傷的，所以受害者的家屬會負擔所有醫藥費，報答他的恩情。」

好吧，還活著就算是成功了吧。

「泰民。」

我回了聲「是」，而後抬眼望去，只見經紀人的眼眶又濕潤了起來。

「謝謝你活下來。」

經紀人的眼淚再次奪眶而出，一旁的漢洙也跟著眼眶泛淚。我默默凝視他們，忍不住想大聲說出內心的駁斥——到底為什麼要感謝我？為什麼要為了我這種人哭成這樣？然而，我最終還是什麼話都沒能說出口。不知為何，這次他們擔憂的眼神和慶幸的淚水竟沒有令我產生不自在的感覺。

「參與綁架的那些傢伙後來怎麼樣了？」

我刻意轉移了話題。雖然瘋狗也流了很多血，但看他受傷後還能追出來的模樣，應該還沒死吧。可惜，我沒聽見預期中的答案。

「沒被逮到。聽說警方根據受害者的證詞搜查了整棟房子，但沒搜到任何證據。那裡的一切都被清理得乾乾淨淨，連一點血跡都沒留下。不僅造成調查困難重重，想逮到他們也基本無望，更遑論要抓到幕後主使者了。」

經紀人語氣中滿含深深的嘆息，他大概也認為幕後主使者就是金會長吧。

對於經紀人肯定的語氣，我感到有些奇怪。只有金會長會開心？怎麼會？霎時間，我忽然想起了一件事——等等，今天是幾號？

「幹部會議怎麼樣了？」

「還沒到，明天才會召開。呼，嗯……大概只有金會長會開心吧。」

我詫異地望著他，而他忍不住再次嘆息。

「昨天公司發布了一則公告，說尹理事已經把自己持有的股份轉讓給金會長了。現在金會長已是夢想企劃名副其實的掌權者，夢想企劃也變成經營權被徹底分割出去的獨立公司。」

與此同時，他嘴角揚起一抹苦笑。

「唉，真是的。聽說新電視劇的推展速度之快，已經敲定好幾個演員，也談到幾檔廣告合作了。」

「那主角的試鏡呢？」

「這個倒是還沒開始。」他搖搖頭，憂心忡忡地問我：「你擔心自己不能去嗎？」

「不是，我沒有非常執著那個角色。」

但還是對沒能以此對付明新感到十分可惜。

我沒有將內心的惋惜說出口，經紀人卻剛好提起了明新。

「太好了，畢竟主角的位置……應該會是明新拿到。」

我露出「你怎麼知道」的表情看著他，而他只是皺起眉頭。

「你受傷沒多久，就舉行了電視劇場景的竣工儀式。剪綵的時候明新就站在金會長身邊，而到場出席的演員也只有明新一個。」

因為亨碩闖了禍，金會長馬上就把明新找回去了嗎？那就表示亨碩已經被拋棄囉？不過，就算金會長打算再次接受明新，也一定還沒幫他還清債務，畢竟明新為了把握得來不易的機會，應該不敢向金會長提出無理的要求。也是，他一定認為只要自己拿到電視劇的主角，剩下的問題就會統統迎刃而解吧。現在，只差明天的幹部會議了。

「所以忘了吧。」

嗯？忘了什麼？我露出疑惑的表情看向經紀人，就聽他再次哽咽道。

「你是為了向明新復仇，才會惹到金會長那邊的人吧？泰民，不要這樣，要是你再受傷，我真的……」

經紀人說到一半就說不下去了，原本靜靜待在一旁的漢洙也開口附和了一句。

「對啊，就忘掉一切吧。嗚，要是又受傷該怎麼辦？」

隨後，兩人的眼眶再次濕潤，一副淚水即將噴湧而出的樣子。我還以為他們的情緒已經平復了呢。

「你們先去吃飯吧。」

現在已是下午四點三十分，我看著時鐘果斷發話，兩人卻猛力搖了搖頭。

「不用沒關係！我們不會丟下你離開的！我們在你被送來特等病房前，就一直守在這裡了！」

「對啊！聽說幫你付醫藥費的人，連這間病房的錢也預先支付了，所以我們就一直守在這裡。我們這陣子吃的都是送來給你的醫院營養餐耶！」

送來給誰的什麼？無視我瞬間僵住的表情，兩人已徹底沉浸在品嘗醫院營養餐的世界。

「啊，可能是特等病房的關係，送來給你的餐點真的很不錯——」

「對啊對啊，而且配菜還很豐富，只要多要一碗白飯，兩個人都能吃飽。啊，經紀人，我突然想到，聽說今天晚餐的配菜有烤魚！」

「啊哈哈——是喔？還會有昨天那種涼拌小黃瓜嗎？哎呀，那個吃起來味道清爽，真的很下飯呢。」

「前天的涼拌海帶也很好吃！」

眼下的情況顯然證明了我本人連醫院餐點的配菜都不如。媽的。興高采烈的兩人一副準備背出過去一週菜單的樣子，讓我忍不住開始思考要不乾脆回到加護病房算了。但我還是努力回想著他們為我流淚擔憂的模樣，提出另一個建議。

「那不然，你們去散個步再回來。」

想當然，這個提議依然被駁回，而且還是源於一個更令人不爽的原因。

「不行，你的家人說他快到了。我一聽說你醒來，就立刻聯絡他了。」

家人？一股不祥預感倏然降臨，逼得我不得不開口詢問。

「……什麼家人？」

「哈哈，還能是什麼家人？當然是泰民你的家人啊。泰民，你有那麼棒的家人怎麼沒跟我們說過？」

「……所以是誰？」

「嗯，就是你的叔……」

話音未落，門猛然被從外面推開。在如此恰巧的時機，自稱是我家人的人突然粉墨登場。

「嚇！你、你還活著！」

顯然又開始灰塵過敏的愛麗絲社長一臉快要哭出來的樣子，將我不安的預感化為現實。

「嗚嗚……怎麼一變成幸福的三百元就發生這種事！」

我開始想罵醫生了。媽的，你到底為什麼要把我救活啊？

在一陣兵荒馬亂後，愛麗絲的社長激動地對著我啜泣，經紀人和漢洙也再次哭成一片。三個人聒噪地說個不停，再加上店經理不時插上一兩句話，讓被夾在中間的我只感覺大腦陣陣抽痛。不幸中的大幸，社長沒有介紹說我是他的姪媳婦，只說是類似姪子的親戚，除此之外，其他全是沒用的廢話。

「百……不對，泰民，你要對經紀人和漢洙好一點，他們兩個每天守在這間特等病房等你醒來。」

與此同時，他用經紀人和漢洙聽不到的音量，洋洋得意地跟我說。

「我很貼心地沒說你的本名叫兩百元。你會難為情吧？呵呵——」

看著社長胸有成竹的自信表情，我暗自下定決心，一出院就要立刻拿身分證給他看。隨後，他似乎注意到我的表情變化，趕緊說道。

「你不用害羞，我也沒說出三百元的事。」

一旁的店經理也如同要我放心般悄聲說道。

「只有分送糕點而已。」

此時此刻，糕點瞬間變成了世上最討人厭的食物。在得知他們是一邊品嘗糕點一邊混熟後，我的厭惡似乎又加深了一點。經過我的旁敲側擊，原來社長每天都會來特等病房玩耍，並透過糕點與他們建立深厚的友誼。而經紀人與漢洙似乎單純以為他真的是我的親戚，才會開心地和他閒聊。不過，社長的目的簡直昭然若揭。

「對了，社長，忽然想到，你說過對我們公司的大樓很感興趣吧？哈哈，我託認識的人去過幹部辦公室那層樓的廁所了。」

霎時間，社長宛如一頭終於發現獵物、飢腸轆轆的野獸，眼睛倏然一亮。

「馬桶的水壓如何？」

「非常棒。」

經紀人豎起大拇指，開始繪聲繪影描述幹部們使用的廁所。他稱讚廁所裡有濃郁的芳香劑，就算有人上了大號，裡面也只會瀰漫著芬芳的香味後，社長這才露出安心的笑容。接著，話題馬上轉換到芳香劑是哪種香味上。

他們聊的話題越來越沒有意義，我的表情也越發扭曲。幹，為什麼我躺了一星期好不容易清醒過來，還要聽別人聊關於廁所芳香劑的話題？不過，十分幸運地，由於他們擾民的閒聊大到連走廊都聽得一清二楚，護理師部隊終於出動了。

以面會時間結束為由，委婉將他們驅離的護理師，是真正的白衣天使。原來這就是護理師受人尊敬的原因啊。我一邊在內心感嘆，一邊享受得來不易的平靜。但沒過多久，馬上又有人再次進到病房。

「百元。」

我露出疲憊的眼神，抬頭看向偷溜進來的愛麗絲社長。在我忍住嘆息，心想他還有什麼事時，就聽他低聲說道。

「如果傑伊對你發脾氣，你就讓他發吧。」

「……」

「我感覺傑伊真的很生氣。」

我默默看了他一會兒，才開口問道。

「你什麼時候見到他的？」

「沒見到。」

「……」

「我們通過幾次電話。聽說你住院後，他還是一如往常，埋頭處理公司的事務。不過我看得出傑伊在生氣，雖然他的行為舉止都跟往常一樣。」

不斷複述某件事的他，在離開前留下了一句意義不明的話。

「還有，百元，你已經是我的家人了，你可以依靠我。髒東西就交給我處理吧。」

我還來不及詢問髒東西指的是什麼，他就頭也不回地走掉了。現在只剩我獨自留在病房中，一股難以形容的寂靜倏然將我包裹。這明明是我一直期盼的寧靜，此刻我卻反常地懷念起剛才吵吵鬧鬧的閒聊。又或者，我已經習慣身邊有人陪伴，所以對於獨處感到不大適應。我居然會不適應獨處？無言的情緒淹沒大腦，與此同時，我闔上了疲憊的眼睛，似乎就那麼不知不覺地陷入沉睡。是因為睡得很淺嗎？感覺有人正在撫摸著自己的臉頰，我睜開依舊疲憊的雙眼，耳邊傳來了呼喚我的聲音。

「李宥翰。」

我眨了眨眼睛。幽暗的病房中，光源僅有窗戶外夜景透出的些微燈火。儘管只聽聲音就知道是誰，但我還是想親眼確認。我定定凝望著人影片刻，直到眼睛終於適應無邊的暗色，才用微啞的聲音開口。

「幫我開燈。」

我感覺他的嘴角淺淺上揚了一下。他說了句「待會」，而原本撫摸著我臉龐的手，此時已掠過額頭，溫柔地撥弄著我的瀏海。他就這麼不發一語，在原地站了好一陣子。最後，還是我主動開口。

「明天的事……都準備好了嗎？」

腹部的傷口隱隱作痛，每次說話都有些吃力。有別於皮肉之傷，縱然沒有傷及內臟，沒入血肉的利刃依舊造成了不小的傷害。

「對。」

他簡短地回答，片刻過後又繼續說道。

「之前就準備好了。」

那你為何還一直埋頭工作？不知為何，儘管我似乎知道答案，腦中卻依舊浮現出這個愚蠢的疑問。幸好我沒問出口。他的手從我臉上離開，掠過上半身，下移至纏著繃帶的腹部。

雖然穿著病服、蓋著棉被，他的手依然精準地停在我受傷的位置上。他沉默地盯著我的腹部，傷口在他的掌心下隨著呼吸淺淺起伏，隱微的壓迫感讓我不太舒服。當我想再次叫他去開燈的時候，我聽見他漫不經心地開口說道。

「一個星期前，我在家看電影，看到一半便奪門而出。你的手機關機，我費了一點功夫找你，但我事先調查過金會長那些部下的祕密據點，就直接趕了過去，並在那裡發現了你。」

「你……怎麼知道我去了他們的祕密據點？」

「因為我的心情變得非常差。」

聽著他脫口而出的那些話，以前的我大概會挖苦說「憑著第六感知道我深陷險境是什麼鬼」，但此時此刻，我卻一句話也說不出口。他語氣平淡，不，甚至比平時更加溫和，可那聲音卻化作一股沉重的窒息感壓在我身上。

「我真的感覺很糟，所以打了電話給你，你卻一直在通話中，後來甚至直接關機。我覺得不太對勁，便直接調出你的通話紀錄，發現你跟金會長的跟班足足講了二十分鐘的電話。」

雖然不知道他是如何調出我的通話紀錄，此刻我卻無暇思考，注意力只能集中在他身上。覆在傷處的手緩緩移開，他後退一步，轉身走向病房門口的開關。

「當你的手機再次開機時，我已經快抵達他們的據點了。」

他平淡的聲音，讓我想起了當時嗡嗡震動的手機，與此同時，愛麗絲社長說的話也莫名在腦海浮現。

——我感覺傑伊真的很生氣。

直到這時，我才終於明白這令人窒息的感覺究竟是什麼——那是被他壓抑著的憤怒。隨後，我聽見他笑著問道。

「你不好奇嗎？我的心情為什麼會變差？」

「……為什麼？」

喀。

開關被打開，明亮的白光瞬間照亮病房。我緩緩坐起身，同時因突如其來的亮光而瞇起眼睛。

喀噠，喀噠。

再次靠近床邊的腳步聲，伴隨著他的回答。

「我看了你演出的電影片段——你自殺的那場戲。」

我正因不適應光線而皺起眉頭，他的話卻讓我的表情倏然一頓。他聲音中流露的笑意，莫名令我有些毛骨悚然。但在看見站在一旁的他時，那讓人背脊發涼的感覺似乎已經無關緊要。只見他揚起一邊嘴角，眼神冷漠地俯視著我。

「看見那場戲，我突然醒悟了。要是沒有更強而有力的剎車，你在我和死亡之間，終究會選擇後者。想到這裡，我忽然開始好奇。你回答我，你的手機最後一次開機時，你是真的沒發現，才沒接起那通電話嗎？」

他的提問我無法回答，我根本不知道自己該說些什麼。而這並非是能給予的只有否定的答案，也不是害怕這個答案會惹他生氣。那是為什麼呢？我的眼睛從剛才開始就無法從他的手上移開。

他的手，正漫不經心地拿著某樣東西——那是一把沾染著乾涸血跡的、銀色的折疊刀。我的呼吸瞬間一窒。發現那就是捅進我腹中的凶器時，不祥的金屬光輝正隨著他抬手的動作徐徐閃爍。我的目光跟著緩緩上移，看見了他頰邊隱約浮現的酒窩。

「你選擇死亡，到頭來還是因為你對家人的罪惡感吧？」

他微彎的嘴角，在我看來已經不能稱之為笑容了。他抓著我的手，強迫我握住刀柄。我曾經拿它捅過瘋狗一刀，實在沒辦法再將它握在手中。一股強烈的恐懼倏然降臨，手不受控制地開始顫抖。孱弱的身體與驚慌失措的心緒導致我根本沒辦法拿穩刀子，但他卻用自己的手將我包覆，逼我握緊刀刃。接著，他舉起手——

媽的，不……不要！

我不知道他要做什麼，卻有股難以形容的恐慌在內心擴散。而那種恐懼馬上就化為現實，只見他享受般彎眼一笑。

「那好吧，我也可以讓你對我懷有那種罪惡感。」

與此同時，他緊抓著我的手，迅速劃過半空。

——唰啦。

隨著閃爍銀光的鋒利刀刃劃過手腕，鮮紅的血液濺到了我的身上。

滴答、滴答、滴答……

血液滴在毯子上的細微聲響，如轟雷般在我耳邊炸開。刺眼的血痕如雨絲般流淌，令人不適的猩紅瞬間占滿視線。我感到一陣反胃，在意識逐漸模糊之前，最後聽見的是他帶著冰冷笑意的聲音。

「殺死我的感覺如何？」

再睜眼時，已是隔日。陽光從醫院窗戶灑落，身上灼灼的熱意將我從睡夢中喚醒。在我艱難撐起身體時，大腦最先想起的，是昨天那刺痛雙眼的、幾乎將我吞噬的可怖猩紅。光是回想，胃裡便一陣翻攪，頭也開始隱隱作痛；另一方面，我內心也小小期待著那只是一場突如其來的噩夢。然而不幸的是，渺茫的期待在我看見棉被上的血跡後，徹底幻滅。

「傑伊說毯子不要換。」

現場經紀人語帶愧疚的聲音，讓我勉強抬起目光。他正坐在床邊，轉頭一看，病房裡沒有其他人。環視完病房內部，我再次將目光轉向他，只見他正操作著病床旁桌子上的筆電。他先是看了筆電一眼，才轉頭看向我。

「傑伊沒事。雖然流了點血，但馬上就做了緊急處理，所以沒事。」

「……」

「從臉色來看，你還比較令人擔心呢。要幫你收走毯子嗎？」

咕噥著後面那段話的他，似乎在等待我給出答覆。見我遲遲沒有開口，他便逕自抽走毯子，替我蓋上新的棉被。不過，即便換了一條新的被褥，那被堆在角落的毯子彷彿依舊沉重地壓在我身上，令人不適的鐵鏽味仍在鼻尖縈繞，昨夜從手腕湧出的猩紅好似又要再次將我吞沒。

「你的狀態看起來不太好，我本來還在擔心要怎麼叫醒你……沒想到你居然準時醒來了。」

目光又回到筆電的現場經紀人咕噥著。直到這時，我生鏽般的大腦才開始運轉。什麼東西準時？接收到我詢問般的視線，他將筆電螢幕轉向我的方向。

「幹部會議要準備開始了。」

「所以呢？」

乾渴的喉嚨簡直沙啞得不像我的聲音。現場經紀人習慣性地搔了搔頭，凝視著半空中，似乎在思考合適的答案。

「就是……傑伊好像希望你觀賞那場會議。」

像在證實這句話似的，筆電螢幕上出現了某間大型會議室，那是和監視器一樣固定在某處的攝影機拍下的畫面。接著，現場經紀人一挪動滑鼠，聲音也隨之傳出。人們嘈雜的討論聲驟然傳來，但畫面中拍到的某張臉孔卻吸引了我全部的注意。

相隔一段距離，坐在鄭社長旁邊的尹理事正露出無聊的表情，翻閱著桌上的文件。而他的手腕上，正緊纏著一圈圈白色繃帶。我盯著他的手腕看了片刻，目光才挪向畫面其他地方。

坐在他對面的是個熟悉的面孔。畫面中的金會長面露微笑，正在和兩旁的中年男性交談。真的是幹部會議啊，但他為什麼希望我觀賞？而且這是我可以看的嗎？這些疑惑，在現場經紀人接下來的說明中被解開了。

「傑伊說他想炫耀。」

炫耀？

「炫耀自己一口氣橫掃眾多敵人的樣子。」

現場經紀人剛說完，螢幕中便傳來某人的聲音。

「會議開始。」

有人宣布會議開始，會議室立刻安靜下來。兩張桌子中間隔著一條走道般的空間，排成了平行的「11」字形。尹理事坐在鄭社長這一側，金會長和大部分其他幹部一同坐在另一側的桌子旁邊。

坐在尹理事這邊的人，包含他和鄭社長在內共有五人。不知道是不是我的錯覺，眼前景象乍看之下好似兩個陣營的人各自為政、涇渭分明。但如果真是這樣，不就表示尹理事和鄭社長的陣營只有五個人嗎？而且畫面中還有一名男士像局外人一樣，坐在稍遠的桌子最末端。

他的年紀約莫三十歲出頭，戴著眼鏡，手邊放著一個公事包，整個人散發的氣場不像是夢想的幹部。而剛才宣布會議開始的聲音，此刻已開始講解會議要進行的各項討論。和我事前知道的一樣，那是推舉金會長成為夢想企劃社長的議案。

雖然尹理事已出售了自己的所有股份，但部分反對派也持有夢想企劃的股份，所以議案需要經過他們同意。想當然，他們全場一致通過，推舉金會長成為夢想企劃的經營者。

不僅如此，還有人提出夢想娛樂持有的股份未達能夠插手夢想企劃經營的比例，已經失去了控股公司部分決策權和影響力。一切就像事先排練過的一樣，迅速地按照金會長的意思進行。

金會長在會議過程中一語不發，只露出志在必得的笑容，開口說話的大部分都是他附近的其他幹部。當然，會議中也有其他同樣緘默不語坐在位子上的人——鄭社長和尹理事。即使有人發表對自己不利的言論，鄭社長仍不動聲色，默默觀望著會議進行。

若要說已經放棄掙扎，他臉上卻又流露出與尹理事如出一轍的情緒——無趣。但和明顯一臉煩躁、覺得會議百無聊賴的尹理事不同，他會凝視對方，認真聆聽會議內容。只是，在夢想企劃的分割徹底定案後，某個意想不到的臨時議案倏地被搬上檯面。這出乎意料的提案，讓原本興趣缺缺的鄭社長和尹理事瞬間來了興趣。

「我要求免除尹理事的理事職位。」

坐在金會長身邊的人，語氣強硬地提出要求。原本靠坐在椅背上的鄭社長將身體微微向前，開口問道。

「理由？」

尹理事似乎認為無聊的橋段終於結束，嘴角浮現一抹淡淡的微笑。鄭社長瞄了尹理事一眼，繼續說道。

「尹理事才上任半年，這段期間他做出了多少貢獻，大家應該都心知肚明。」

「難道您不知道那些事情當中，有多少是他個人的魯莽行事嗎？」

「我知道。」

簡短回應的鄭社長立刻出言反駁。

「我也知道，那些看似魯莽的行為全都獲得了成功。在有人提出我能接受的理由前，我反對免除尹理事的職位。」

見鄭社長強烈反對，反對派似乎略顯驚訝。畢竟尹理事已將股份全數轉讓給金會長，不就表示尹理事終究背叛了鄭社長，那社長為何還站在尹理事這邊？只見有人嘲諷般開口。

「鄭社長真是寬宏大量啊，現在還那麼袒護尹理事。」

他說完，四處便傳來隱約的譏笑。面對他們的冷嘲熱諷，鄭社長仍是一臉面無表情，並再次強調。

「只要我還是社長的一天，就不會免除尹理事的職位。」

「那等你從社長退位之後，就可以囉。」

眾人的目光瞬間聚集到首次開口發言的金會長身上。只見他悠哉地享受著聚焦到自己身上的目光，片刻過後，卡痰般粗啞的聲音才繼續說道。

「我要求免除尹理事職位的同時，也是在要求鄭社長下臺。」

聽見他這番話，坐在鄭社長一側的人瞬間怒火中燒，直接破口大罵。自此，會議室瞬間被來自四面八方的叫罵聲占據。鄭社長陣營的人怒斥金會長無權干涉夢想娛樂的事務；而反對派陣營的人則表示與金會長抱持相同意見，並贊同般將手舉了起來。

騷動中，只有金會長、鄭社長和尹理事依舊保持沉默。但他們臉上都帶著同樣耐人尋味的表情——金會長竊喜般露出意味深長的微笑，鄭社長則是略顯無奈地笑了笑，而尹理事的嘴角則掛著不知在想些什麼、禮貌性的笑容。最後終結這個局面的，是在爭論過程中陷入頹勢的鄭社長一方。

「就算我們吵成這樣，有權作決定的也是其他人，不是嗎？」

那個人這麼說著，一臉疲憊地看向坐在桌子末端、戴著眼鏡的男人。當我正納悶那個人究竟是誰，居然握有如此重要的決定權時，馬上就有人揭露了他的真實身分。金會長陣營的人看著他，傲慢地問道。

「也對，畢竟夢想娛樂的實質擁有者是H企業。不過，他們不是每次都只派出律師擔任代理人，不干涉經營嗎？先生，請你回答看看，我有沒有說錯？」

被這麼一問，代理人用指尖推了推眼鏡，點點頭。

「是的，我的委託人交代過，不要對公司的經營發表任何意見。」

說完後，金會長陣營的人得意地露出冷笑。

「看吧，這下您要接受我們提的議案了嗎？鄭社長，您打算怎麼做？當然，如果只討論尹理事的免職案，我們這邊也完全沒問題。」

說得好聽是只開除尹理事，但那無非是讓鄭社長自斷一臂。他們想讓鄭社長的地位如骨牌般崩塌的意圖，連我這個場外的第三者都能聽出來。但神奇的是，鄭社長並沒有露出任何不安的神色。難道他真的放棄了嗎？我正感到納悶，某人的聲音猝然劃破會議室的嘈雜。他並沒有特意提高音量，但他的聲音卻如驚雷般，令整間會議室倏地安靜下來。

「我也想提議一件事。」

在尹理事首次發言後，金會長陣營的人紛紛對他投以嘲諷的目光，一副「現在已經沒有任何權力的你還能提議什麼事」的樣子。不過，當有人詢問他要提議什麼時，他只是露出一貫禮貌的微笑，一派輕鬆地回答。

「我要求免除你們所有人的職位。」

這句爆炸性的發言讓全場頓時鴉雀無聲。起初我還以為是畫面當掉了，但沒過多久，好幾個人的聲音便同時透過喇叭傳了出來——那是一聲聲感到荒謬般的恥笑。

「呵呵呵，你要求免除誰的職位？」

「哈哈，尹理事，你的腦袋終於出問題了嗎？」

「噗哈哈，真是的，居然在這裡聽見這種荒謬的言論。」

就連金會長也發出爽朗的笑聲，整間會議室瞬間笑成一片。當然，隸屬鄭社長一方還笑得出來的，就只有尹理事一個。他耐心等待笑聲止息，並再次丟出一顆震撼彈。

「但我還是會再給你們一次機會，如果有人願意把夢想企劃的股份轉讓給金會長，全心專注於夢想娛樂，我可以酌情保留他的職位。」

感到無言的眾人只是靜靜凝視著他。尹理事來回掃視他們片刻，才開口詢問。

「沒有嗎？」

「喂，你這傢伙！你算哪根蔥啊，竟敢說要免除我們的職位？」

尹理事話音未落，便有人忍不住痛罵出聲。此人的怒吼讓會議室再次安靜下來，而眾人的目光又一次聚焦在尹理事身上。

「一個年輕小伙子仗著自己獲得鄭社長青睞、坐上理事的位置就胡亂放肆，你知不知道自己現在是什麼處境，還敢這麼囂張？」

尹理事將纏著繃帶的右手抬到桌面上，漫不經心地回應。

「我不清楚自己現在的處境，不過我非常清楚夢想企劃情況如何。」

一提到夢想企劃，金會長便瞇起眼睛。已經屬於自己的公司再次成為話題，似乎讓他不太開心，只聽他沙啞的嗓音犀利地問道。

「我聽說夢想企劃的事業蒸蒸日上，你指的是這個嗎？」

聞言，尹理事噗嗤一笑，嘴角明顯地彎起。他的表情，讓金會長臉上的笑容徹底消失了。

「要是你認為自己還年輕，不管做什麼都會獲得原諒，那你就大錯特錯。尤其是隨便牽扯到我的事情。」

然而，尹理事只是繼續盯著金會長，不經意地開口詢問。

「電視劇的籌備進行得還順利嗎？」

金會長瞪了他一眼，才用嘶啞難聽的聲音回答。

「雖然你和夢想企劃已經沒有任何關係了，但既然你這麼好奇，我就告訴你吧。電視劇只要選角完成，就會馬上開始拍攝。劇本正在順利編寫，海外方面也收到很多關注，我打算盡早確認授權相關事宜。好，你所知道的夢想企劃的情況，就是這些嗎？」

「這麼快就要和海外公司談授權啊……金會長真是效率驚人。」

金會長忿忿地看著尹理事，臉上表情全無。見狀，尹理事笑得更開懷了。在我看來，那並非此前禮貌性的微笑，而是在努力忍住笑意。與此同時，那笑容亦讓敵方陣營驟然陷入一股難以言明的不安情緒。金會長眼神游移，明顯在動腦思考是不是哪裡出了什麼差錯。在兩人短暫展開一場無聲的眼神交鋒時，金會長陣營的人忍不住粗魯地開口質問。

「尹理事，你到底想怎樣？你是不是看到已經不歸你管的電視劇籌備順利，一時眼紅就瞎扯一通？」

「電視劇籌備得很順利嗎？」

「你沒聽見金會長剛才說的話嗎？選角快要結束了，劇本也正在編寫……」

「那就只能到此為止了呢。」

尹理事冷漠地打斷了對方的話。可能是他的言詞過於果決，現場頓時陷入一片死一樣的寂靜，而眾人的目光亦再次聚集到尹理事身上。只見金會長的眼睛如蛇般閃爍，彷彿恨不得立刻將眼前的人千刀萬剮。

「到此為止？你的意思是我做不了更多？」

「有辦法的話，就試試看啊。」

輕鬆回應的他，馬上簡短地繼續說道。

「如果您能取得授權的話。」

「授權？什麼授權？」

金會長迅速反問，不過尹理事只是露出意味深長的笑容。正當有人又要破口大罵時，他才緩緩開口。

「金會長，原來您沒讀過那部作品。」

我馬上意識到「那部作品」指的是電視劇的原著。當大家顧著思考而安靜下來，尹理事才緩緩轉頭，看向對面的每一個人。

「你們也沒有人讀過那部作品。」

他說得肯定，也無人出言反駁。尹理事語氣中帶著明顯的嘲諷，彷彿在說他們錯過的關鍵就藏在那裡。我回想著自己看完的、三本厚厚的小說。為什麼讀過原著很重要？而尹理事馬上親口說出了原因。

「要是你們讀過，今天絕對不敢在這裡提議免除我的職位。」

「那是……什麼意思？」

金會長代替其他沉默的人提出疑問，並用他令人起雞皮疙瘩的冰冷聲音繼續催促般說道。

「為什麼讀過那部作品很重要？你說的授權，我們已經簽訂合約，確定取得電視劇的授權了。如果你是因為電視劇的版權在夢想娛樂手上，想無故解約，我奉勸你最好不要輕舉妄動，因為那份合約萬無一失。」

「沒錯，那份合約萬無一失。夢想娛樂不得無故解除與夢想企劃簽訂的合約。既然我對合約內容一清二楚，難道還會愚蠢地提起與之有關的授權？」

問句中蘊藏著任誰都能聽出的明顯嘲笑，表示他指的授權者並非夢想娛樂，而是另有其人。不過，到底需要授權什麼？又是需要誰的授權？當眾人正納悶時，尹理事漫不經心的視線又一次掃過桌子對面的反對派成員。

「真的沒有人認真讀過作品嗎？一個都沒有？」

所有人面面相覷。

「尹理事，你別再胡說八……」

「音樂。」

——什麼？

「我指的是貫穿整部作品的一首歌。」

那瞬間，一段旋律倏地自我腦海中奏響——是主角父親喜歡的那首流行歌。在那首歌成為線索後，主角整部小說都在探究歌詞隱藏的祕密，找尋自己的父親。它出現的頻率高到就連對英文一竅不通的我都快背起來了，如同尹理事接下來的冰冷陳述一般。

「是一首在書中頻繁出現、次數多到煩人的歌。」

出現次數多到煩人。這段話隱含的意義，讓會議室彷彿被潑了一桶冷水，瞬間陷入沉默。尹理事對著呆愣住的他們說出了這段對話的關鍵。

「想要拍攝電視劇的話，需要取得這首歌的授權。」

接著，他再次開口。

「雖然你們絕對拿不到就是了。」

砰——他的聲音猶如一記重錘狠狠敲下。畫面仍在轉播，拍攝著會議室的鏡頭卻好似幾欲碎裂。金會長陣營的人像被震懾住般動也不動，瞪著尹理事的眼睛倏地圓睜。沒過多久，極度震驚的情緒便自他們眼底悄然浮現。

一陣沉默過後，有人小聲詢問為什麼拿不到授權。原本正欣賞金會長僵硬表情的尹理事，緩緩轉頭看向提問者。如此一來，他的臉在畫面中看起來更為清晰。他微微勾起嘴角，盯著對方的眼神果斷而冰冷。

「喔，因為那首歌的韓國版權已經被我買下來了。確切來說，是影視劇的轉播權，為期大約十年。」

與此同時，他轉頭望向反對派，隨口一問。

「這才想到，授權夢想企劃能夠製作那部電視劇的期限是十年吧？哎呀，該怎麼辦呢？我絕對不會授權你們使用這首歌。」

身在螢幕外的我都能明顯感受到，他嫌無聊般慢條斯理的聲音彷彿一把利刃，正毫不留情地插入敵方陣營耳中。就連不是敵人的我，都跟著脊背發涼了。我的眼睛片刻不離地盯著螢幕，腦中不住浮現他過去那些別有深意的言行舉止。

第一次在他車上聽見那首歌時，他微妙的笑容，以及他自稱去美國借東西的種種，在我腦中如跑馬燈般一閃而過。所以他說對方不願意借，讓他費了一番功夫的，是指歌曲的版權嗎？那他到底多早就開始籌劃這件事了？

他刻意假裝走投無路、被迫轉讓股份，再憑借精準拿捏眾人皆以為無關緊要、甚至無人在乎的歌曲版權，徹底擊潰金會長事業的計畫，原來早就埋下伏筆。而且電視劇已經開始製作，要是所有一切全都付諸流水，金會長不就……

就在這時，其中一名反對派忍不住漲紅著臉大喊。

「……你說歌曲？不就是一首歌，不要用那首不就好了！不、不是嗎？欸，是不是？改用別首歌就行了吧？」

不管不顧對著尹理事大吼大叫的他，頻頻轉頭詢問他人的意見，但他身旁臉色蒼白的男人卻遲遲不敢點頭贊同。他似乎沒讀過原著，卻還是知道這首歌占了多大分量，只能為難地咕噥。

「那首歌是推動劇情的核心。」

其實不只核心，這首歌是解開一切謎團的關鍵，絕對不可能撤換。要是換掉這首歌，劇情也得跟著大改。在這僵持不下之時，沉默許久的金會長忽地用嘶啞的聲音撂下一句難以辨認的話。

「我才不會用你的爛歌，只憑著一首歌，你就想讓我前功盡棄？」

「我打算用這一首歌，讓金會長丟掉工作。」

「胡說八道！只不過是一首歌，我再找類似的就好了。」

他底氣不足的逞強，連我聽了都忍不住笑出聲來，腦中不禁想起了尹理事方才對他說過的話——原來您沒讀過那部作品。尹理事沒有收起笑容，反而沉穩地回應了金會長的發言。

「重點在於歌詞。」

「那只要寫出類似的歌詞不就行了。」

尹理事好像真的很開心的樣子，頰邊的酒窩隱隱浮現。

「那樣我就可以提告了。」

原來可以因為對方寫出了類似的東西就提告嗎？我正感到驚訝，金會長旁邊的某人突然哀號般說道。

「你打算提告抄襲啊……」

隨後，尹理事將目光轉向他。

「你腦袋還算清醒嘛？嗯，有些人認為只要打贏官司就好，但我分享一件有趣的事吧？我不在乎這場官司的勝負，我重視的是『時間』。我有把握，光是抄襲這件事，官司就足以拖到十年之久。」

他平緩篤定的聲音似乎封鎖了一切破綻，而這僅僅只是開端。

「但你們知道，要是換歌會最先面臨什麼問題嗎？」

他忽然拿起自己面前的文件夾往前一丟。

——啪。

文件飛過半空中，掉落在對面的長桌上。差點散落一地的文件被其中一人及時抓住，看來他們大概也很好奇，要是換歌的話，到底會面臨什麼問題吧。

只見那人翻開文件一看，眉頭便緊緊地皺了起來。

「這不是……夢想娛樂和原作者簽訂的合約嗎？」

他露出一副「給我們看這個幹嘛」的表情，於是尹理事不耐煩地解釋道。

「請翻到下一頁，閱讀第三條。簽訂版權合約時，僅可在原作者同意範圍內修改內容。當然，也有條款明定絕對不得修改的內容，其中一項就是歌曲。」

「……」

「原作者說過，如果更換歌曲，就要取消版權合約。好了，再來看看我們和夢想企劃的合約吧？」

尹理事丟出第二份文件。

——啪。

再次降落在桌面上的文件，準確地停在稍早提問的人面前。仍在閱讀原作者合約的他，只是眼神呆滯地望著新文件，遲遲沒有翻開。見對方毫無反應的模樣，尹理事親切地進行了更詳細的說明。

「因為乙方的疏失，違反與原作者的版權合約時，甲方得以解除合約。」

尹理事轉頭看向金會長，輕鬆作出結論。

「根據此項條款，我在此宣布，夢想娛樂與夢想企劃的電視劇合約即刻作廢。」

「……」

「恭喜您，金會長，接下來要變得更忙了——如果您要賠償違約金給那些已經簽約的電視臺、廣告商和演員的話。正在認真搭建的布景，您就繼續蓋下去吧。您可以留作紀念，當成別墅使用。」

「你……你這傢伙！」

喀啦！

椅子倏地向後傾倒，金會長漲紅著臉站了起來。也許是攻心的怒火難以抑制，他的身體像狂風中的楊樹一樣簌簌顫抖，唯一沒有跟著顫抖的，僅有他為了不跌坐在地而用力抓著桌緣、布滿皺紋的手。

「你這小子……你、你竟敢這樣戲弄我……」

「我不是警告過您嗎？演藝圈是風險最高的產業。這種程度的風險，您應該也要考慮到才對。」

他噗嗤一笑，斜睨著站起身的金會長。

「金會長的損失，大概會在演藝圈留下空前絕後的紀錄吧。」

「笑死人了！呼……你以為你瞞著我策劃這種事，我會放過你嗎！」

「媽的，你說誰瞞著你了？」

尹理事爆出粗口後，再次露出笑容。

「不是你自己吵著要收購我的股份嗎？你說說看，我有拜託過你嗎？」

「呃！你……」

金會長忽然抓住心臟踉蹌了一下，一旁失魂落魄的眾人急忙扶起椅子讓他坐下。才剛在椅子上坐定，金會長便彷彿快要窒息般大口喘著氣，一邊下令。

「把那小子……趕出去，這就是你們現在該做的事。馬上……馬上把那小子趕出公司！」

只不過，即便金會長一聲令下，眾人也僅是露出驚慌失措的目光，沒有人敢真的開口。見狀，尹理事一臉有趣地看著他們問道。

「這才想到，今天有項議案是要免除我的理事職位吧？是誰？誰希望我下臺？」

與一開始此起彼落的附議聲不同，一股令人不寒而慄的靜默籠罩了整間會議室。他們頂著尹理事冷漠的目光，慢慢認清了現實——金會長真的已經切切實實地失去了一切。要是夢想企劃正在製作的電視劇化作泡影，不只公司會遭受重創，還有可能直接面臨倒閉。

不，要是像尹理事所說，需要支付違約金的話，金會長說不定會瞬間破產。如果真是這樣，持有夢想企劃股份的股東們也一樣會損失慘重。不過，除了擺在明面上的損失外，還有另一個更為重要的問題。尹理事看著遲遲沒有回應的他們，再次提起自己稍早說過的話。

「既然沒有人的話，就進到我的議案吧——免除你們的職位。」

反對派的眾人同時轉頭看向尹理事，仍驚魂未定的眼神中透著些許不悅。

「我說啊，就算情況突然變成這樣，但你已經沒有任何權力了，要我們聽從你說的話實在……」

「可是我贊成耶？」

插話的人是鄭社長。在他之後，相同陣營的兩名幹部也舉手表示贊同。他們的表情與坐在對面的人們有些神似——儘管同樣扭曲，但他們全都是一副憋不住笑容的樣子。隨後，有人不甘示弱地粗魯放話。

「鄭社長，你這樣不對吧？是他暗中搞小動作，想把我們弄走……」

「說話小心點。」

鄭社長一聲低吼，對方立刻把嘴閉上。他上半身前傾，掃視著對面的眾人。

「我本想和你們一起走到最後，沒想到你們居然想把我趕出公司？」

他的視線在所有人身上掃過一遍之後，輕輕嘆了口氣。

「坦白說，我還是想繼續和你們攜手同行，畢竟公司能有現在的規模，在座諸位都付出了不少心血和努力。」

「那還說要免除我們的職位？」

此話一出，另一個方向便傳來了回答，那是尹理事帶著笑意的聲音。

「因為想開除你們所有人的是我。」

語畢，他抬起冷漠的目光。

「你們知道我為了挑出那些巴結諂媚金會長的傢伙，並計畫將他們一掃而空，等得有多不耐煩嗎？所以不管鄭社長怎麼說，你們全都被開除了。」

見尹理事毫無顧忌地說著半語，有人立刻開口斥責。

「傲慢的傢伙，你以為自己憑著歌曲版權搞垮夢想企劃很了不起是嗎？你當自己是這間公司的老闆嗎？」

「對，我就是老闆。」

喀啦啦。

他的回答乾脆得令人忍不住懷疑自己耳朵。只見他將椅子往後一推，站起來從高處來回俯視眾人，最後才將視線固定在某個方向。目光所及之處，是那名自稱H企業代理人的律師。

「請你說說看，你的委託人是不是交代你，別對公司經營發表任何意見？」

「是的，沒錯。」

代理人沉穩地點點頭。接著，尹理事又問。

「期限到什麼時候？」

期限？眾人驚訝地轉過頭，而代理人又習慣性地推了一下眼鏡，直直抬起目光。

「到今天為止。我聽說明天公司的最大股東就會換人，之後我便會卸下代理人一職。而據我所知，公司新一任的最大股東——」

代理人的視線，在眾人深感大事不妙的目光中轉向某個方向。而接著從他口中說出的那句話，對反對派的人來說，儼然是一場再驚悚不過的噩夢。

「正是尹理事。」

——嚇！

某人倒抽一口氣的聲音，透過喇叭小聲地傳了出來。雖然那僅是一人的驚愕之聲，但我敢肯定，反對派的人——尤其是眼睛瞪到幾欲裂開的金會長，內心一定也發出了相同的聲音。與此同時，他們也終於認知到自己徹底輸給了正傲視著眾人的年輕小伙子。

「怎……怎麼會？那間企業的最大股東居然……」

微弱得幾乎要聽不見的質問，來自金會長口中。他布滿皺紋的臉已然失去血色，看起來越發不似活人。他一定完全不敢相信吧，如果只是夢想企劃被搞垮，那還有機會東山再起；但如若對方擁有自己無法匹敵的財力，那就另當別論了。此時徹底轉變為全場焦點的傢伙，正不耐煩似的開口抱怨。

「因為那間公司的會長吵著要把公司交給我，我只好勉為其難地接手了。」

這樣像話嗎？連我都忍不住想這麼質問，只不過螢幕中的人們和我一樣，皆無法將這句話訴之於口。只見尹理事一臉不耐煩地對著好似已經停止呼吸的眾人下達最後的命令——

「如果搞清楚情況，請馬上打包行李滾出我的公司。」

會議時程比想像中久，我卻感覺時間只過了幾分鐘。畫面上有些人站起來抗議，有些人仍失魂落魄地癱坐在椅子上，而有些人則跑到鄭社長身旁苦苦哀求，整間會議室瞬間變得像市場一樣鬧哄哄的。而我的目光，卻牢牢鎖定著再次坐回位子上的尹理事。

他正望著對面的金會長，如同最開始的眼神交鋒，金會長也直直地瞪視著他。不過在我看來，金會長不過強弩之末，顯然只是在硬撐罷了。此時他的手正抓著心臟，肩膀止不住地顫抖。會議室一片嘈雜，眾人爭執的聲音不絕於耳，儘管一些人在鏡頭前來來去去擋住了畫面，我的目光依舊無法從筆電上移開。

「真的跟他媽媽好像。」

咕噥的聲音自一旁傳來，我這才想起除了自己之外，還有現場經紀人在場。

「你認識傑伊的媽媽？」

這才想到，好像聽現場經紀人說過認識他媽媽。現場經紀人也目不轉睛盯著螢幕，點了點頭。

「嗯，傑伊的媽媽以前也是個非常可怕的人。」

「……」

「真的很可怕。」

這一再重複的評價，讓我不得不相信現場經紀人所言，開始對他媽媽感到好奇了。只聽現場經紀人陷入回憶般繼續開口。

「不過，她溫柔的時候倒是很溫柔，那時候對於和她有交情的人她都相當寬容。」

而後他又嘟囔了句「傑伊只像到她可怕的一面」。在他的話語中，我隱隱察覺了一些奇怪的部分——他使用的描述都是過去式。而他接下來的話，更是再再證明了這點。

「要是她還在世，搞不好會嘲笑傑伊說這有什麼好炫耀的。」

我默默看著陷入回憶的他，片刻後才緩緩開口。

「她過世了嗎？」

他抬頭望向半空中，緩緩說了句「對」。他似乎想起了什麼感傷的事，卻又很快恢復了平時呆滯的眼神。

「她是五年前過世的，聽說是罹患癌症。她在美國過世，但她希望將骨灰葬在韓國，所以傑伊五年前才會回到這裡。她的骨灰被安置在韓國的墓園時，我才第一次見到傑伊。」

五年前。那是現場經紀人和他打架、愛麗絲社長說第一次見到長大的他，也是他遇見我的時後。

「五年前……」

我勉強穩住莫名卡在喉中無法發出的聲音。

「五年前，他在韓國待了多久才回去？」

現場經紀人似乎對我的提問感到意外，陷入一陣沉思後才給出答案。

「據我所知，他大概只停留了三天。」

「……」

「時間相當短。」

是啊，好短，短得令人無言，短得令人不敢相信。可他卻在如此短暫的時間裡遇見了我？

「你在笑什麼？」

聽見他納悶的詢問，我才發現自己正不自覺地勾起嘴角。不過，笑容很快便自唇邊隱沒。我倏然意識到，要是他母親沒有離世，我的媽媽也沒有病逝，我們也許就不會相遇。我對著等待我回答的現場經紀人說了句「沒事」，便搖了搖頭轉移話題。

「我可以問你跟傑伊的媽媽是怎麼認識的嗎？」

「喔，我以前是保鏢。確切來說，是她擔任議員的父親的保鏢。」

他喃喃自語般繼續咕噥。

「在我遭遇困難的時候，議員幫了我很多忙。所以五年前我想去向他女兒做最後的道別……在骨灰安置好之後，傑伊卻突然挑釁我說『聽說你很能打』。他說曾經從媽媽那聽說過我的事，我以為他只是想忘記悲傷，於是陪他打了一場，以為他不會太過認真。後來才知道，他根本沒有對母親的離世感到悲痛，只是覺得特地回一趟韓國很煩，才想找人打一架。在得知真實情況後，我立刻選擇落跑，誰知道他拚命撲上來……」

每每提起五年前的事，現場經紀人就會口中念念有詞，看起來一副淒慘可憐的模樣。而他作為總結的話語中，也充滿濃重的慘切。

「我的膝蓋真的到現在還在痠痛。」

這麼說的同時，他的眼睛亦緊盯著我。

「……」

「……我會轉告尹傑伊，說你膝蓋痠痛。」

自從認識他以來，他的表情第一次如雨過天晴般不再愁雲慘霧。在我和慘遭神經病迫害的可憐受害者交談時，原本嘈雜的會議室逐漸安靜了下來。轉頭一看，幾名看似是警衛的人陸續進到會議室中，把還在叫囂掙扎的反對派拖了出去。不過，應該是事前有接獲指示，警衛們並沒有對金會長動手。

——砰。

畫面中的門被大聲關上，僅剩金會長和尹理事留在會議室中。尹理事彷彿終於等到機會，立刻從座位上站起身。

過去。

他似乎微不可察地瞄了攝影機一眼，不過我的注意力馬上就被他的聲音吸引了

自己落敗的垂死掙扎。尹理事在金會長面前停下腳步，在方才款步而來的途中，

怒不可遏。那恨不得將人碎屍萬段、惡狠狠瞪著尹理事的目光，是他不願承認

他將椅子往後一推，繞過長桌走到會長面前。金會長仍然臉色鐵青，表情

嘰咿——

「感覺會長需要有人攙扶，是不是應該找人過來？啊，要叫先前輔佐會長的那個大個子過來嗎？」

發現尹理事指的是瘋狗後，我忍不住上半身微傾，專注盯著螢幕。但金會長的反應卻相當奇怪——他的臉瞬間扭曲了一下。原以為是他想到瘋狗嚴重的傷勢，沒想到他接下來脫口而出的話卻完全出乎我的意料。

「那小子……該不會是你帶走的吧？」

帶走？我驚訝地望向尹理事，但他的側臉並未顯露任何情緒，而他的聲音也一如既往，親切的口吻中潛藏著令人寒毛直豎的冷漠。

「帶走？他不見了嗎？」

「原來是你。你從現場帶走的人，就只有那小子。為什麼？為什麼放著其他傢伙不管，只把那小子……」

「金會長。」

尹理事忽然打斷他的話，斜著頭往下盯著金會長的胸口。

「您的心臟還好嗎？」

金會長狀似不悅，手指更用力地抓住桌緣。

「輪不到你擔心，你還是擔心你自己吧。我絕對不會放過你……」

「我聽說您裝了心臟節律器[2]，您要小心啊。」

心臟節律器？雖然不懂那是什麼，但似乎和金會長的心臟有關。

「你還敢勸別人小心？」

金會長冷漠回應後，尹理事露出任何人都能察覺的明顯笑容，甚至酒窩都跟著隱隱浮現。

「我很好奇一件事，聽說它最近不太會受到一般的電子儀器影響了？那如果是特殊儀器呢？它會停止運作嗎？要是它停止運作──」

儘管畫面裡金會長的身影看起來不甚清晰，可我依然看見了──看見他因恐懼而瑟縮的肩膀。尹理事應該也發現了，但他卻繼續裝傻，語氣中依然帶著明顯的笑意──

「那樣你也會掛掉吧？」

過了一會兒，畫面中斷了。筆電顯示的最後一幕，是被獨自留下的金會長抓著心臟大口喘氣的身影。他瞪著神經病走出會議室的眼睛瞋目欲裂，簡直恨

2 心臟節律器（Artificial Cardiac Pacemaker）又稱心臟起搏器，是會定時釋放一定頻率脈衝電流的精密醫療裝置，藉由起搏電極導線傳輸脈衝電流到心房或心室肌，進而恢復和維持心臟有節律地跳動。

不得將面前的人挫骨揚灰。停止播放影片的螢幕已是一片漆黑，金會長惡狠狠的眼神卻好似殘影般被困於其中，久久未散。

「你在擔心嗎？」

我的目光離開螢幕，靜靜望著現場經紀人，開口問他。

「世界上有天譴嗎？」

「這個嘛……」

他先是一陣搖頭晃腦，而後才凝視著我，像在問我為何提出這種問題。

「有人跟我說過，雖然沒有天譴，但存在著因果報應。他說因為這樣，世界才有趣。而我也有同感，正因如此……在刺向別人的刀回到自己身上時，我並沒有任何不滿或憤怒，只是平靜地接受了現實。有句話說，復仇會衍生復仇，但我並不害怕。要是拿刀捅我的瘋狗現在出現在病房門口，我依舊會拿起刀，再次若無其事地朝他撲過去。」

「然後呢？」

「只是……這已經不是我一個人的事了，所以我有點不安。」

現場經紀人凝視著我，片刻後才露出淺淺的微笑。

「你心腸真軟。」

「你指的是沒辦法心平氣和看待別人復仇這點嗎？」

「不是。」現場經紀人搖搖頭，平靜地說道：「是你讓自己的復仇有可能衍生復仇這點。」

「……」

「真正心狠手辣的人，復仇時不會留下任何餘地，只把復仇當成一場戰爭，殺死所有對手。」

現場經紀人若無其事提起死亡的聲音，莫名讓空氣染上一股刺骨的涼意。也可能是因為他臉上帶著微笑吧。

「對他們來說，復仇的對象只不過是一塊肉。」

我不自覺屏住呼吸，愣愣地看著他。他好像察覺了我的反應，搔頭咕噥了句「我好像嚇到你了」。接著，他轉移目光，瞥向剛才被丟到一旁的染血毯子。

「所以說，我勸你最好先擔心自己。我打斷傑伊一隻手，就被他跟蹤了五年，聽說你割了他的手腕？」

聽見那番話，昨夜刺眼的猩紅好似又要將我吞沒，讓我忍不住一陣反胃。與此同時，憤怒也一併湧上。那個發瘋的神經病。光是回想起就令我雙手顫抖、眼前一片昏暗的舉動，他居然笑著做出來？

「那不是我弄的，是那個神經病……」

還來不及多作解釋，現場經紀人便一把握住我的手，憐憫地開口。

「抱歉，就算你說自己遭到監禁，我也愛莫能助。」

現場經紀人前來的目的，似乎只是為了讓我觀賞幹部會議。會議結束後，他便起身離開，只留下筆電讓我排解無聊，並在離開前默默環視病房，小聲咕噥。

「說不定會有訪客，之後得買些飲料過來了。」

我興許是習慣了他的聲音，現在就連他的喃喃自語我都能聽得一清二楚。我當下就想立刻反駁根本不會有人來，所以不需要，可他已轉身離開。不可能會有人來找我——當然，除了每天都前來報到的經紀人、漢洙和愛麗絲社長。正如我所料，大約過了一小時，漢洙率先抵達了。只見他上氣不接下氣地衝進門，開口大喊。

「呼！B、B、Big news！」

乒乒乓乓——

漢洙重重踩在地板上，朝我飛奔而來。聽見他的叫喊，我瞬間抖了一下，不小心將他口中的「Big news」聽成了「維爾紐斯」。媽的，神經病害我現在都開始幻聽了。就在我被他迫害的案例再添一件時，漢洙已來到床邊著急地開口。

「你、你知道剛才發生了什麼事嗎？我的天，夢想企劃……」

「要倒了？」

「啊！你怎麼知道！」

漢洙嚇了一跳，不過馬上又恢復激動。

「真的要倒了，不對，聽說幾乎已經等於倒閉了。我跟你說，今天早上召開幹部會議的時候，尹理事拋出了一顆震撼彈，你知道是什麼嗎？尹理事持有電視劇的……」

「歌曲版權？」

「嚇！你、你怎麼知道？」

我擔心情緒激動的他可能年紀輕輕就會死於心臟麻痺，於是簡略地說明。

「就大概知道。」

「不是啊，你肚子被捅出一個洞，只能像笨蛋一樣躺在那裡，怎麼會知……」

「……」

「咳咳，原來你大概知道啊。」

漢洙終於冷靜下來，並悄悄往後退了幾步。我這才鬆開握緊的拳頭。不過，他轉述公司消息時，又再次提高音量。

「我跟你說，我跟你說，因為夢想企劃要倒閉了，現在公司簡直亂成一團。因為電視劇泡湯，先前投靠金會長的反對派統統遭到開除，而且聽說還要肅清所有關說和巴結反對派的藝人和員工！」

原來真的要一口氣把他們清理乾淨啊。我忽地想起神經病之前說的話——他說為了挑出那些巴結諂媚金會長的傢伙，並計畫將他們一掃而空，等到都不耐煩了。

不過，他每天留在公司加班、週末也不休息的時候，應該不覺得煩，而是笑容滿面吧，畢竟那時他應該就已勝券在握。真正令我驚訝的，是他將煩人等待完美隱藏的不動聲色。能將所有計畫暗藏於笑容之下的，果然才是最難對付的敵人。

「哇，不覺得很誇張嗎？而且不知道為什麼，聽說公司現在歸尹理事管！真是太勁爆了！但更扯的在後面！」

「……」

「……」

「什麼事？」

見漢洙停下不語，眼神疑惑地盯著我看，我忍不住開口問道。沒想到，他居然反過來質疑我。

「你真的不知道嗎？你該不會又要直接說出最重要的部分吧？」

「……」

「不會吧？」

「你不想說的話，就不要說了。」

我撂下這句話，便作勢躺回床上，漢洙見狀急忙阻止了我。

「哎喲！我說就是了，我真的很想說這個，呃咿——」

那你就去外面隨便抓一個路人說啊，幹嘛特地跑來告訴我？我正感到麻煩，就聽漢洙繼續開始他未竟的八卦大業。不過，這次是我未曾聽聞的全新情報，其勁爆程度讓我也不得不愣住了。

「聽說尹理事已經在準備另外製作電視劇了，近期會和M電視臺簽約，劇本也完成了一半。更重要的是！電視劇導演的人選已經確定了！你知道是誰嗎？

就是鄭製作人！幫我們拍電影的那個鄭製作人！」

……什麼？見我面露驚訝，漢洙終於如願以償。這個消息的確令人意想不到，我的大腦霎時間竟有種挨了一記悶棍的感覺。夢想企劃才倒閉不到一個小時，就傳出電視劇即將與電視臺簽約和劇本快要編寫完成的消息。當然，最驚人的還是電視劇的導演。怎麼會是鄭製作人……

這才想到，投資鄭製作人電影的人就是他吧？如同抽絲剝繭般，過往種種一一串連成線。第一次見到鄭製作人那天，曾聽他說有投資人主動找上門說要投資電影，不過有個附帶條件。當時他沒說條件是什麼，不過現在看來，顯然就是拍攝電視劇吧。也難怪鄭製作人在飯店見到我的時候，會說出那句話。

——雖然拍完這部之後，短期內大概沒辦法再拍電影了。

當然沒辦法拍電影了，因為短時間內都得全心全意投入電視劇製作。而且他經常和神經病見面，並不單單是神經病投資了電影，他們反而花更多時間在討論接下來要拍的電視劇吧。哇，真是連我都有種受騙的感覺。

神經病到底從何時開始想好這些的？當然，他不會毫無準備就隨意挑選鄭製作人擔任導演。第一次去愛麗絲的迷宮時，他要我看的眾多電影就是證據。他看過的電影是我的數十倍，應該是認真進行過調查和研究，最終才找出適合的人選。

是啊，他房間裡散落各處的劇本和書籍，的確不只是裝飾。他瞞著所有人籌備電視劇的製作，明面上卻只表現出認真處理公司事務的模樣，甚至還為了扳倒金會長而以美國的事業作為偽裝。就算我有好幾個分身也做不到的事，他卻每天熬著夜獨自完成了，其間甚至不忘找時間糾纏我。我不禁感嘆，他真是個貨真價實的神經病啊。這時，一旁倏然傳來漢洙的感嘆。

「不覺得尹理事真的很帥嗎？」

「不，他像個神經病。」

我下意識脫口而出的感想，令漢洙勃然大怒。

「你不能拿神經病和尹理事相提並論！就算神經病是你的金主，你說天才尹理事是神經病還是太失禮了！」

我居然不能說神經病是神經病？我感到一陣煩悶和委屈，只是靜靜仰望他而已然成為尹理事追隨者的漢洙，依舊嚷嚷著要我道歉。我看著他，發現自己越來越難公布神經病的真實身分了。畢竟總是和漢洙唱雙簧的他，一定也和漢洙抱持著同樣的想法——我指的是現在正歡天喜地走進來的經紀人。

「啊哈哈哈——泰民，你聽說了嗎？帥氣的尹理事贏了！我真的要被他迷倒了！」

後來，聽到漢洙轉述我說尹理事像神經病的經紀人，也如我預期般激動地反駁。一想到他日後肯定會更為震驚，我便苦惱著是否該現在就說出實情。就在我猶豫再三並準備開口時，原本高談闊論的經紀人倏然想起了一件重要的事。

「現在公司的人完全呈現兩極分化，有人興高采烈，有人苦不堪言。呵哈哈，平時用卑劣手段搶工作的那些傢伙，現在全都哭哭啼啼，真是大快人心！

尹理事向來手起刀落，開除人絕不手軟，一定會狠狠修理那些巴結反對派、用不光彩手段爭取夢想企劃電視劇角色的藝人。啊哈哈——試鏡名單已經出爐了，上面那些藝人和他們的經紀人現在都騎虎難下，肯定完蛋……嗯？」

經紀人的笑容瞬間僵住，表情逐漸轉為恐懼。尚未搞清楚狀況的漢洙還在一旁真摯地詢問「怎麼了」，經紀人卻已驚恐地轉頭望向我。

「等等，我這才想到，主角試鏡的名單上也有你啊泰民……嚇！」

隨著一聲驚恐的抽氣，病房裡頓時陷入一片愁雲慘霧。

令人頭痛的閒聊和令人煩躁的哭聲，何者比較惱人？對我來說，實在很難作出抉擇。我被兩個不停啜泣的傢伙搞得很累，甚至想要不乾脆直接說出實情算了。

「嗚嗚嗚……經紀人，接下來該怎麼辦？嗯？因為神經病的關係……因為那個糟糕的神經病，我們要被趕出公司了，嗚哇——」

漢洙靠在經紀人的手臂上啜泣著，而經紀人則顫顫巍巍地張開雙唇。

「我就知道神經病總有一天會闖禍。嗚，呃，可是……居然用這種方式讓我們吃了大虧！我們徹底完蛋了，嗚嗚。」

我用疲憊的聲音向他們吐露實情。

「我們不會完蛋，你們別哭了，其實神經病就是尹……」

「不是嘛，明明沒人拜託他，他幹嘛擅自把你加入試鏡名單？這個臭神經病！」

「就是說啊！怕別人不知道他是神經病嗎？居然擅作主張做出這種神經病行徑！」

他們兩個根本不把我說的話當一回事。因為每次說話都會拉扯到傷口，我沒辦法太大聲，但這次我真的忍無可忍了。要是再不大聲制止他們，恐怕連我都要變成神經病了。

「吼，媽的！就說不會完蛋了！」

呃！果不其然，大吼一聲之後，傷口的刺痛便陣陣襲來。唉，好痛。我暫時低下頭，等待疼痛減退，才發現周遭倏然安靜了下來。我吃力地抬眼一看，只見兩人正睜著圓滾滾的眼睛盯著我。我深吸一口氣，用平時的音量說道。

「我們不會完蛋，也不會被趕出公司，你們不用擔心。」

「你、你怎麼知道？」

「那是因為，神經病就是尹……」

「等等！」

經紀人舉手打斷我，並忽地伸出另一隻手，用指甲掐著左邊胸口。

「呃……我的胸口……哈啊，今天聽到太多令人驚人的消息了。咳呃。」

一旁被嚇到的漢洙吸了一下鼻涕，經紀人則繼續強顏歡笑。

「沒事，上了年紀就會這樣，只要別太逞強就好。呼……泰民，你繼續說。」

「……」

「神經病就是尹什麼？」

「神經病就是尹……理事身邊，與他關係相當緊密的人。」

「相當緊密？是多緊密？」

「……幾乎密不可分。」

說完後，兩人的臉色馬上撥雲見日，再次進入吹捧尹理事模式。

「哇，太好了！雖然不認識神經病，但帥氣的尹理事要是看見和自己關係密切的人的愛人陷入危機，一定不會坐視不管，對吧？」

「當然了！畢竟尹理事很帥氣嘛！啊哈哈哈——自從神經病教會我們維爾紐斯的時候，我就知道他一定能幫上大忙了！因為神經性皮膚炎突然發癢的胸口也瞬間不癢了！」

什麼？神經性皮膚炎？你在說什麼屁話？所以你抓住胸口並不是因為心臟痛，只是想抓癢嗎……靠。早知道就不那麼擔心他的心臟，還不如多擔心自己的肚子。可能是無條件信任著帥氣的尹理事，擔憂一口氣煙消雲散的兩人開心地衝到冰箱旁邊，拿出昨天吃剩的糕點。

「啊，哭了一場，肚子好餓。」

「呵呵，我也餓了。」

隨後，他們就在痛得什麼都吃不了的我面前，開始大快朵頤。後來經紀人好像猛然想起什麼似的，一邊咀嚼糕點，一邊問我。

「對了，你叔叔今天也會來嗎？」

「他不是我叔叔。」

我強烈否認後，經紀人反倒理解似的笑出聲。

「哈哈，我知道，我知道，我聽他說過。雖然他和叔叔沒兩樣，你還是會不好意思？泰民，你有時候就是太害羞了。」

「……」

「哈哈……咳咳，漢洙，你慢慢吃。」

被我瞪了一眼的經紀人迅速收起笑容，伸手拍了拍無辜的漢洙的背，再次悄聲問我。

「是說，他好像是老闆耶，難道他是賣糕點的嗎？」

經紀人和漢洙吃完糕點，一邊說要回去探查一下公司氣氛，一邊離開了病房。在我看來，他們似乎只是回去幸災樂禍，欣賞平時討厭的傢伙們陷入愁雲慘霧的樣子。不過他們離開前，留下了一句奇怪的話。

「對了，我今天有跟其他人聯絡，說你已經醒來了。要是他們來探病，你要好好跟人家道謝。」

聯絡？誰？還來不及開口詢問，兩人就開心地出發前往公司看好戲了。被獨自留下的我納悶地思考著，但想想應該沒什麼大事，便再次躺回病床上。我的確還有親戚，是媽媽那邊的遠親，只有小時候見過面，現在即便在路上遇到我也根本認不出他們。除此之外，還有人會來探病嗎？嗯，應該是他們搞錯了吧。我一邊輕鬆想著，一邊迷迷糊糊陷入沉睡。當聽見開門聲而再次睜眼時，我實在無法不感到驚訝。

「宥翰，你……現在好一點了嗎？」

先前工作的宅配營業所所長走了進來。他好像是送貨途中趕來的，身上還穿著制服，辛勤奔波的汗味撲鼻而來，背心口袋裡也塞滿了送貨單。我看了看時間，發現現在正好是宅配最忙碌的尖峰時刻。他在工作途中繞過來醫院就已經夠讓我驚訝了，他為什麼還特地跑來找我？

「所長，你怎麼來了？」

「你說呢？臭小子！你認識的人聯絡我說你命在旦夕。我前幾天來過一次，你那時候還昏迷不醒，躺在加護病房裡面呢。現在好一點了嗎？有沒有什麼大礙？」

我小聲回答了句「現在沒事了」之後，向他投以有些不知所措的眼神。

「所長，你怎麼會在工作途中跑來？」

聽到我僵硬的提問，他露出無奈的笑容。

「對啊，在工作途中跑到這麼遠的地方，要準備倒大楣了。但聽到你醒了，當然要來探望一下嘛。大家聽說你醒了，也都說要來探望你呢。我等等要先離開，傍晚再帶大家一起過來。」

「大家……嗎？」

他點頭說了聲「嗯」，隨後又說出了幾個同事的名字，那是長則三年、短則幾個月，曾經和我一起工作過的人。但無論時間長短，我幾乎沒有和他們打交道過。而所長接下來倉促的交待，讓我更搞不懂了。

「對了，物流中心也有幾個人說要來找你。他們的上班時段不太一樣，大概明天早上下班後才會過來。」

「為什麼要來？」

「還能是為什麼？當然是來探望你啊。你工作不是普通認真，有人出狀況時，你總會無怨無悔幫忙代班；工作量大的時候，你就會出現支援，然後再默默消失；就算週末找你，你也從不拒絕，大家都非常感謝你。」

「……」

「啊，那我先走囉，你真的沒事了吧？」

再次關切詢問的所長接起響個不停的電話，匆匆忙忙走了出去。我半坐著靠向床頭，凝視著關上的門，莫名感到有些彆扭。明明從未和他們親近交流，也並沒有與他們培養過交情……然而，隨後接二連三來訪的客人，讓我根本無暇仔細思考這微妙的感受。

經紀人好像聯絡了我手機裡的所有聯絡人。幾個月只見一次面的拳擊館館長、為我媒合週末苦工的人力仲介員工和清晨派送報紙的營業所人員。

就算經紀人、漢洙和愛麗絲社長不在，這一天我的病房也熱鬧非凡。短則幾個月，長則半年以上沒見到的面孔，僅僅因為曾經和我共事，便親自前來探望仍然活著的我。

更令我感到不自在的，是他們看見我時，臉上流露出的安心神色，他們是發自內心為我的清醒感到高興。微妙的彆扭如同一片灰茫茫的霧靄，始終在我心頭縈繞，久久無法散去。病房很快便堆滿了他們帶來的一箱箱飲料。託他們的福，倏忽到來的下午，又有意想不到的訪客登場了。

「嗯，你還活著啊？」

這吊兒郎當的耳熟語氣，不用看也知道是誰。獨自前來的意外訪客，正是貸款公司的老闆。除了為明新的事去找他之外，我們過去五年幾乎每個月都會見面，但他絕對不像是會來探病的人。就像在證明這點似的，唯一兩手空空的他從容地環顧了整間病房，彷彿一個前來參觀的遊客，而非探望病患。自顧自欣賞完病房內的裝潢後，他的目光才終於轉向我，冷不防問道。

「聽說你受傷了？」

我只是默默盯著他，而他短促地嘻嘻笑了幾聲。

「那個心狠手辣的李宥翰居然被人捅了一刀？其實我本來不信，直到親眼看到你躺在加護病房才相信。」

「我在加護病房的時候，你也來探望過我嗎？」

「……」

「……」

「咳咳，我是去看戲的，看你這傢伙什麼時候會嗝屁。」

我明明沒說什麼，他卻莫名有些惱怒，開始皺著眉頭說特等病房怎樣怎樣，隨後才再次轉過頭來。這次，他的語氣變得真摯一些了。

「聽說你那間叫夢想還什麼的公司，今天出事了？對我來說似乎是個好消息，宋明新現在演不了他一直炫耀的電視劇主角了吧？我猜對了嗎？」

「對。」

「喔，這樣啊？」

他露出殘忍的笑容，眼神一暗，望著我問道。

「宋明新還偷走了你的錢對不對？我記得是房子的押金？」

他的聲音裡藏著一股難言的興奮，我好像知道他要說什麼了。沒過多久，我便聽見他貪婪地說道。

「你一定要把那筆錢討回來。宋明新好像還執迷不悟，要趁他因為演不了主角而落魄跑路前，想辦法削走他的錢。我都答應你的請求了，你自己至少也要做到這個地步，知不知道？」

貸款公司的老闆先前就曾透露，明新已經跟他借了幾次錢，金額看起來令他相當滿意——那是可以把明新拐到其他地方，再狠狠削他一筆的數字。但老闆顯然想要更多，他要的是數額更龐大的報酬；與之相反，明新則會因此墜入更絕望的深淵吧。

「你這傢伙，怎麼不回答？」

「好的。」

我點點頭，生硬地給出答覆。

「我本來就打算這麼做。」

他離開後，我終於有了一段獨處時光。病房隨著時間推移逐漸暗了下來，我卻沒有把燈打開。畢竟我不太想讓這段安靜流逝的時間受到打擾。是復仇比想像中輕鬆容易，導致我失去幹勁了嗎？還是在鬼門關前走一遭後，就像人們說的一樣，想忘掉一切展開新的生活，以此作為重獲新生的紀念？

我自己也不清楚，只能確切感受到想要復仇的念頭不如從前強烈。應該只是提不起勁的關係吧。獨自作出結論後，今天的最後一批訪客終於到來。經紀人與漢洙身後跟著另一個人，他們兩個漲紅著臉，彷彿準備了驚喜禮物般，隆重地介紹了那名訪客。

「啊哈哈，泰民，你看看是誰來了！嗯，我們是在醫院門口遇到……啊！」

正要開門走進來的經紀人，被昏暗的室內嚇了一跳，趕忙壓低聲音。

「哎呀，泰民好像在睡覺。」

「我沒睡。」

「哈哈，他說他沒……嚇！」

他震驚的面容隱沒在黑暗中，在空中揮舞的雙手有點像在跳某種滑稽的舞蹈。幸好跟著走進來的漢洙開了燈，經紀人終於不用繼續摸索前進，要不然那動作在燈光下只會更讓人難以直視。而後，我的目光看向了跟在他身後走進來的人。與我對視的他露出微笑，說出了我今天已經聽了不下數十次的話。

「泰民先生，身體好點了嗎？」

而我給出的回應，也與此前別無二致。

「鄭製作人怎麼會來？」

他將手上的飲料放到已堆積成山的飲料箱上。他看起來已經連續幾天沒睡了，烏青色的鬍鬚在下巴凌亂生長，臉上疲憊的神色表露無遺。

「還會是為什麼？聽說你醒了，當然要過來探望啊。」

當然，他是本病房中最受歡迎的人——受到經紀人和漢洙的熱烈歡迎。

「不愧是鄭製作人！哎呀，聽到演員出事，居然百忙之中抽空過來……啊！」

「不，最忙碌的時期已經過了……」

「我在這世上最尊敬的人就是鄭製作人了，您居然這麼疼惜演員！」

「畢竟他在鬼門關前走了一遭……」

不管鄭製作人如何解釋，他在經紀人和漢洙的世界裡，已是空前絕後、史無前例的最棒導演了。最後他只能為難地對著兩人抬起手，看了眼手錶。

「不好意思，其實我是處理電影的收尾工作到一半，臨時趕過來的，可能說完要說的話就得先離開了。」

「如果要忙電影的事，當然不能耽誤太久了。對了，我最近聽到了一個好消息，聽說電影接獲知名電影節邀請……」

經紀人含糊其辭，並悄悄觀察鄭製作人的反應。一聽到電影節，鄭製作人立刻露出有些難為情的笑容。

「那是尹理事向對方大力舉薦，這部作品才能獲此殊榮。」

「喔，尹理事。不愧是尹理事……那個，是說，咳咳，既然提到尹理事——」經紀人雙頰泛起紅暈，小心翼翼地詢問：「聽說鄭製作人要去拍電視劇了，那是真的嗎？」

鄭製作人意外乾脆地點了點頭。

「對，應該會由我負責拍攝，我就是為了這件事而來的。」

接著，他轉身面向我。

「泰民先生。」

「是。」

他叫了我的名字之後，低頭打量了一下我受傷的腹部。

「你的身體要很久才會痊癒嗎？會不會兩個月後還不能動？」

我聽說傷口痊癒需要一段時間，但還是回答了句「兩個月後應該就好得差不多了」。接著，他揚起嘴角，說起我們在XXX市曾經有過的對話。

「還記得在XXX市的飯店見面時，我跟你說過的話嗎？」

「哪一句？」

「要不是電影的製作費用短缺，我絕對不會選你來演。」

此話一出，一旁的經紀人和漢洙瞬間愣住了。不過，我知道後面還有另一段，所以並沒有產生任何不悅的情緒。

「記得。導演說我既是新人、演技不好、外表也不出眾，不過也告訴我，機會來臨時，要好好把握。」

他點點頭，溫柔地看著我，問我是否還記得他後來說的話。當然記得了。因為我就是遵照他給予的建議，下定決心至少要做好一件事。

「你說雖然我身為新人，還是要努力展現合格的演技，讓你想再次找我演出。」

「沒錯，我就是為此而來的。電視劇裡有個角色，雖然不是主角，但個性沉悶。」

這麼說的同時，他淺淺一笑。

「我想再次找你來飾演這個角色。」

當我終於意識到鄭製作人是為了選角的事，才會在百忙之中抽空來探望我時，他已經先行離開了。他對著歡呼的經紀人說如果有適合漢洙的角色，也想邀請漢洙演出後，經紀人再次激動地抓住自己的心臟，而漢洙則是直接雙腿一軟，感動得跌坐在地。

在他們心目中，地位已然升至與尹理事差不多高度的鄭製作人說要繼續處理工作而匆忙離開後，兩人如同服侍國王般，一同前去為他送行。病房內再次安靜下來，我的內心卻好似颱風過境般，莫名有股微妙的熱意在胸腔湧動。那種感覺，與我看見那些為我擔心而前來探病的、意料之外的訪客時類似。

彆扭的感覺久久未消，不知該如何訴之於口的情緒亦無端地在心頭縈繞，直到現場經紀人走進來時，我依舊愣愣坐在床上，茫然地注視著前方。買了瓶裝飲料過來的他，走進病房沒幾步便停下腳步，目光緊盯著房間角落。前來探訪的人們順手帶來的飲料箱正恣意地疊放在房間一角，見到此情此景，溫暖的笑意忽地自他嘴角綻放。

「飲料白買了呢。」

我一直在等待夜晚到來，同時也在等候著我的最後一名訪客。我有話要跟他說。回想起昨夜在他腕上橫流的刺眼殷紅，我其實有點畏懼與他見面。儘管聽來有些荒謬，但我總感覺他會隨時出現在我面前，再次若無其事地用自己的鮮血將一切覆蓋。

我咬緊牙關等待他的到來，想要臭罵他一頓的決心十分堅定。但可能是藥效發揮了作用，疲憊不堪的身體不受控制地漸漸下滑，我只能勉強拿起漢洙留下來的原著小說，才強撐著沒有睡著。

就這樣讀著讀著，我終於確定了鄭製作人說適合我的角色是哪一個了。那是個戲份比想像中多的配角，也是一開始與主角發生衝突，卻在後來幫助他的神祕角色。最後被揭露身分是國家情報院[3]員工的他很擅長打架，話也不多。

3 국가정보원，簡稱國情院（NIS），是大韓民國情報及國家安全機關。前身為中央情報部（KCIA）和國家安全企劃部。

閱讀過程中，我完全能感受到這個角色相較於主角的獨特魅力，所以有點不敢置信。鄭製作人說的真的是這個角色嗎？我明明只是個經驗不多的新人，難道真的可以駕馭這個角色？不知不覺間，當我再次沉浸於書中世界，專注於那個角色登場的橋段時，只聽「喀啦」一聲倏地自不遠處響起。抬頭一看，剛把門關上的神經病正一邊鬆開領帶，一邊朝我走了過來。

「我好睏。」

什麼？原本繃緊的神經倏然斷裂，我只能錯愕地愣在原地，根本來不及制止徑直走來並自顧自爬上床的他。但也多虧如此，昨晚的種種好似被從腦海中徹底抹除。這小子到底在幹嘛？

「床已經夠窄了，你還爬上來？」

傷口的疼痛讓我難以移動，他卻無視我的不滿，整個人貼了上來，硬是將頭靠在我的枕頭上，直接闔上眼睛。正當我心中的不滿即將脫口而出之時，他抬起手臂環住我的腰，露出了被白色繃帶緊緊纏繞的手腕。熟悉的反胃感再次湧上，我不自覺屏住了呼吸。就在這時，我聽見了他帶著濃濃睏意的呢喃。

「我把他們都處理掉了。」

人類的適應能力總是超乎預期。光是呼吸就疼痛難耐的傷口，讓我以為能坐起來就已是極限，看來我還是太低估自己了。某一刻當我倏然驚醒時，才發現自己正蜷縮在狹窄的空間中，勉強支撐著身體。

側躺著的我勉強占據著病床一角。這個位置極其狹窄，但凡稍微移動五公分不到的距離，我就會直接摔下床鋪。即使在睡夢中，我也為了不掉到地上而繃緊神經，導致整個人渾身僵硬、腰背異常痠痛。而霸占了大部分床位、幾乎要把我擠下床的傢伙，此時還緊緊貼在我的身後，手臂摟著我陣陣抽痛的腹部。

難怪我在睡夢中也一直覺得痛。窗外的天空是濃重的深藍，看來現在只是清晨。該死。一清醒過來，我就忍不住在內心咒罵。總有一天我一定會被這傢伙害死。我吃力地抓住他環抱在我肚子上的健壯手臂，但僅憑這般力道，根本無法撼動他分毫。

「唉……」

我喘了口氣，再次開口。

「喂。」

毫無反應。

「喂！」

直到我的聲音響徹病房，背後的身體才終於有了動靜。不過，他摟著我的手臂卻勾得更緊了。

「呃！」

疼痛的呻吟不自覺從口中溢出，我蜷縮起身體，腦袋瞬間一片空白。傷口受到壓迫產生的劇烈疼痛讓我恍惚片刻，根本無法辨別背後已經起身的他到底問了些什麼。

「怎麼了？」

「……呃……你的……手。」

「手？啊，這裡會痛嗎？」

剛睡醒的他聲音低沉，語氣卻慵懶得幾近厚顏無恥。他似乎是故意的，手臂將我的身體摟得更緊了。

「哼呃！」

我倒抽一口氣，忍不住緊閉雙眼。鑽心的疼痛讓我根本無暇察覺他不容反抗的禁錮，直至感受到神經病溫柔撫摸我額頭的動作，我才終於再次睜開眼睛。但這並非疼痛有所消減，而是由怒火點燃的反抗。我平躺在病床上，他的另一隻手正不偏不倚地放在我肚子上，睜眼說著瞎話。

「是這裡痛嗎？」

說話的同時，他的手再次用力。

「呃……幹，手拿開。」

我忍不住咒罵出聲，但在看見清晨微弱的光線映照在他臉上時，剩下的話便被我吞回腹中。正俯視著我的他，露出了令人毛骨悚然的微笑。笑意不達眼底、僅是將嘴唇和藹勾起的他，直直地看向我的眼睛。

「不要。」

「什麼？」

「誰叫你沒經過我同意就擅自受傷？」

他的笑容又深了幾分，一點也不像剛睡醒的人。只聽他又繼續低聲說道。

「難道我要因為你犯下的錯誤，就算想摸也得忍住嗎？」

語畢，他的手再次朝著傷口一按。

啊！幹……

我好不容易才用力抓住他的手臂，感覺傷口馬上就要再次裂開，強烈的痛楚讓我滿腦子只有阻止他的念頭。既然沒辦法來硬的，只能想辦法安撫他了。此時此刻，我終於幡然醒悟，從我被刀刺中的那一刻起，他就一直在生氣。然而，即便知道問題的癥結，我卻只能勉強擠出一句——

「……你先……忍住，王八蛋。」

我再次抓緊他的手臂，不讓他繼續按壓傷口。抬眼一看，冷漠的目光再次與我對視，只聽他小聲咕噥道。

「唉，我已經在忍了。」

「……」

「但我也很想摸啊。」

我放低目光，瞥見他壓在我身上的手慢慢放輕了力道。我這才終於得以喘口氣。身體放鬆下來之後，我大口喘著氣，而他的手仍溫柔地撥弄著我帶著潮意的瀏海。不過，我並沒有因此放下戒心。我完全不相信他露出的笑容，不管他的動作有多麼溫柔。

「既然你那麼後悔，我就原諒你一次好了？」

我才不後悔。當然，我也不奢望他的原諒。我為什麼非要獲得這個神經病的原諒？即使內心憤恨難平，這些反駁依舊說不出口——他放在我肚子上的手又再次用力了。雖然只是非常輕微地施壓，我還是立刻給出答覆。

「對，我後悔了。」

「還有呢？」

「……」

「還有呢？」

「呃……你的手……哈啊，原諒……只要你原諒我這一次……幹，我就不會再受傷了。」

然而，他似乎還不滿意，並未將手拿開，而是用溫柔的嗓音繼續提問。

「那電話呢？」

「什麼電話？」

我皺著眉頭看他，就聽他立刻追問。

「還敢不接我的電話嗎？」

「……在逼不得已的情況下。」

「……」

「呃呃！媽的……你……哈啊……我接就是了！」

直到我瀕臨崩潰，他才緩緩鬆手。我像蝦子一樣蜷縮起身體，終於鬆了一口氣。在我擔心神經病會再次壓住我的傷口，伸手護住肚子時，一股黏膩濕滑的觸感倏地自手心傳了過來。媽的，傷口裂開了。

不管我現在處境如何，我都要狠狠揍他一拳才能洩憤。這個混蛋。在內心咒罵的同時，我勉強撐起直冒冷汗的身體，努力握緊顫抖的拳頭——可惜我沒能成功將拳頭揮出去。

只見看著我露出笑容的他，正在緩緩解開纏在手腕上的繃帶。原本被怒火蒸騰的熱意瞬間凍結成冰，他看著我帶著恐懼的驚愕神情，緩慢地向我展示手腕上經過縫合的紅腫傷口。我下意識挪開目光，就聽他漫不經心地開口命令。

「不准移開目光。」

他捏住我的下巴，逼我與他四目相交，低沉的聲音在我耳邊迴盪。

「給我乖乖承受想尋死的代價。」

「代價」一詞，讓我不禁想起了鋒利刀刃在他手腕上濺出的紅色鮮血。我咬著下唇，努力忍住顫抖，一邊小聲咕噥。

「我又沒有逃避，臭小子。」

強撐著反嗆之後，就見他彎眼一笑，像在讚美我似的。

「好，我原諒你，但下不為例。」

幸好被神經病弄到裂開的傷口範圍不大，但可能是流了一些血，一大早就嚇壞了前來巡房、天使般的護理師。後來，在我接受治療時被醫生訓了一頓，又在病房被另一個護理師碎念了一頓。聽見我得因此延長住院時間，我的心情瞬間跌落谷底。

因為犯下讓傷口裂開的罪行，在我請求護理師幫忙換一張大床時，無情地慘遭無視。一想到神經病精神抖擻走出病房、說他晚上還會再來的模樣，我實在無法保證同樣的情節會不會一再重演。我能做的只有努力繃緊身體避免滾下床，而他又會不管不顧地摟住我，弄痛我的傷口……該死。

我痛定思痛，發誓絕對不會再讓自己受傷，憑藉著一股傲氣，我吃力地撐起虛弱的身體。聽說稍微走動有助於恢復，我一手扶著點滴架，準備邁開腳步。當我正要離開床鋪時，彷彿每天來上班打卡的經紀人和漢洙現身了。

「啊！泰民，你怎麼站起來了？你要去哪裡？」

我本想回答「運動」，又想到自己這副模樣好像不太合適，便回答了句「只是覺得有點悶」。見狀，漢洙立刻急急忙忙地想跟上來。

「那我在旁邊陪你聊天。」

「不用。」

「哎喲，為什麼？你明明就很開心，又口是心非了吧？」

什麼？我傻眼地看著他，而經紀人在旁邊笑著解釋。

「呵呵，我們都聽你叔叔說了。雖然你外表冷酷，內心其實非常靦腆，所以經常口是心非。哈哈，聽說你叔叔送補藥的時候，你也一直故意推辭。」

「他不是我叔叔，而且補藥……」

我強烈地反駁，想盡快解釋清楚補藥的事，但經紀人和漢洙顯然已經認定我就是個口是心非的人了。

「哈哈，泰民，你不用再口是心非了。其實你滿溫柔的，但不了解你的人只會覺得你惹人厭。」

「對啊，泰民先生，就連我們跟你這麼熟，有時候還是會誤會你，覺得你很沒禮貌，哈哈。」

「……」

喀啦。

兩人猝然一驚。

「……你、你幹嘛舉起點滴架？」

我凝視著瑟瑟發抖的兩人，過了一會兒才放下手上的點滴架。彷彿方才瑟瑟發抖的模樣只是錯覺，兩人又立刻笑著朝我靠近一步。我無視他們直接轉過身，正準備走向外面時，經紀人像忽然想起什麼似的，小心翼翼問我。

「對了，泰民，你不跟家人聯絡嗎？」

轉頭一看，只見經紀人換上一副憂心忡忡的面孔。

「我通知了你手機裡所有聯絡人，可是沒看到你的家人。」

一旁的漢洙也跟著點點頭。

「對啊，不是說你有個年幼的弟弟嗎？他說不定在等你跟他聯絡耶。經紀人，你不知道吧？泰民先生的弟弟和我同名，而且成績很好。泰民先生，你趕快打給他吧。」

我看了兩人一眼，平靜地回答。

「沒辦法聯絡了。」

「為什麼？感情不好嗎？泰民，再怎麼樣，家人都是……」

「他已經死了，五年前死的。」

「……」

「我媽和我弟都是。」

倏然愣住的兩人只能屏息般凝望著我。在推開房門前，我看著漢洙，想起什麼似的開口說道。

「你以後直接叫我『哥』吧。」

喀。關上門後，我在走廊上緩步前行，隱隱作痛的傷口讓每一步都十分艱辛。剛來到電梯所在的位置，才猛然想起被我遺忘在病房裡的手機。雖然應該不至於，但要是神經病突然打電話過來……呿。我原路折返，卻在病房前被迫停下腳步，只聽裡面正傳來斷斷續續的小聲啜泣。

「嗚嗚，怎麼辦？經紀人，我不知道是這樣，之前還對他發脾氣，抱怨他不讓我叫他哥，嗚……沒……沒想到是因為他過世的弟弟和我同名……我還問了一堆他弟弟的事……嗚嗚……」

我聽見漢洙哽咽了好一陣子，一旁的經紀人也跟著嘆息。

「呼，泰民那傢伙也真是的……總是表現出自立自強的堅強模樣，內心怎麼累積了那麼多心酸呢？」

片刻，我轉身走回電梯。要是神經病打來而我沒接到他的電話，我只能告訴他我徹底睡死了。

雖然只是散步到天臺再折返，時間卻已經過了四十分鐘。我猜想他們兩個的心情應該平復了，便走回病房。然而，這次我依然沒能將門打開。我剛來到病房門口，就看見現場經紀人面色凝重地站在門前。走近後，察覺我到來的他便將頭轉了過來。

「你怎麼不進去？」

我指著病房，卻聽見了令人不解的回答。

「……裡面有不方便見到的人。」

不方便見到的人？我正想著應該不是經紀人和漢洙，而是有其他人來訪的那一刻，霍然傳出的宏亮聲音迅速昭告了自己的存在。

「哎呀，原來你們都不知道啊。也對，泰民平時沉默寡言，不常提起家人的事情吧？」

一認出是愛麗絲社長的聲音，我的表情瞬間僵住，內心倏然湧現一股不祥的預感。只聽經紀人驚訝詢問的聲音從病房裡傳了出來。

「所以泰民家人的事情，你這個叔叔都知道嗎？」

「呵呵，因為泰民很聽我的話。每次遭遇困難和挫折，他都會來找我聊聊，似乎把我當成人生導師了。不過，啊——那稍微讓我有點壓力呢。我只要當他的叔叔就知足了。」

原來不祥的預感，是預料到他會胡說八道嗎？可惜我猜錯了。正當愛麗絲的社長因為知道我家的情況而洋洋得意時，有人好奇地問了他昨天怎麼沒出現，只聽社長的聲音立刻帶上濃濃的怒意。

「我昨天在收拾一些髒東西，沒辦法過來。不過呢，更重要的是，我在尋找一個可惡的傢伙。」

「可惡的傢伙？」

「唉，有個膽大包天的臭小子，居然拿刀劃傷了我寶貝姪子的手腕！要是被我逮到，我一定讓他人頭落地！」

喀噠。我往後退了一步。而社長則繼續傾訴著他的憤怒。

「我也還沒逮到五年前折斷我心愛姪子手臂的那傢伙！吼！我也要找到那傢伙，扭斷他的脖子！」

喀噠。現場經紀人也往後退了一步。我默默向他提議。

「要不要去餐廳？」

「求之不得。」

醫院生活雖然無聊，但也還算過得去——除開可能是太久沒享受這種只要吃飽睡、睡飽吃的悠閒而感到有些彆扭外。

大概是身體放鬆後，思緒也跟著鬆懈下來了吧。先前每天忙得要命，仍滿腦子想著復仇而計畫的那些事情，我在住院期間已經不怎麼想起了——即使現在反而有一堆時間可以思考。幾天後，一通意想不到的電話讓我忽地想起了還有事情需要收尾。

『好久不見了吧？』

那是略顯無精打采、卻能依稀感覺到開朗的聲音。我回想著面善男的臉，簡短地回應。

「對。」

『我聽說……你被捅了一刀，身體還好嗎？』

「先擔心你自己吧。」

我木訥地回覆後，只聽他笑了一下，小聲咕噥了句「你還是老樣子，看來應該沒事」。隨後他沉默片刻，才繼續用微小但堅定的聲音對我說道。

『謝謝你過來救我，還為我保住一命。』

這種道謝果然令人十分抗拒，我衝過去那裡並不是為了他。

「我去那裡並不是為了你，只是不想承擔多餘的罪惡感而已。」

『哈，就知道你會這樣說。但還是謝謝你，跟我待在一起的那個人也很感謝你。而且他好像對你一見鍾情，一直問我知不知道你的聯絡方式，我猜你會嫌煩，已經先跟他說不知道了。我做得還不錯吧？』

在我回答「對」之後，他繼續交代著我沒問起的事。

『不知道你有沒有看到新聞，那個人家世顯赫，多虧如此，我被當成恩人款待，舒舒服服地在醫院接受治療。他爸說以後會資助我的演藝事業，已經幫我聯繫了幾個導演。突然發生這麼多好事，我都覺得有點暈頭轉向了。我想說的是，這些機會本來是屬於你的，要是你同意的話，我可以向他們透露你的真實身分……』

「不需要。」果斷拒絕後，我繼續說道：「就算沒有他們，也已經有一堆人在幫我了，所以我不需要。而且我覺得很麻煩。」

話筒另一端傳來一聲輕嘆，隨後他便回了句「好吧」。接著，他又轉述了我感興趣的消息。

『還有，因為他爸媽的影響力，警方正在積極追查犯人，當然，亨碩也已經被通緝了。』

原來那小子落跑了啊。

「你要趕快好起來，親自逮到那小子。」

『不，我並不想逮到他，現在這樣我就已經滿足了。』

才這樣就滿足了？我感到十分不解，正想出言反駁時，他平穩陳述的聲音，讓我又把話吞了回去。

『亨碩已經沒辦法再當演員了。長相在網路上曝光，被大家貼上劣跡藝人的標籤，他已經無法實現自己從小到大想上電視的夢想，這輩子大概每次看到電視都會難過吧。對他而言，沒有比夢碎還要殘酷的懲罰。他現在人在哪裡、在做什麼，我已經不在乎了，因為我知道他再也做不了自己最想做的事。』

片刻過後，停下不語的他再次開口。

『那你呢？』

我？我……

「還沒結束。」

『對宋宥翰的復仇？』

「對。」

『你想做到什麼地步？』

「不用你管。」

聽見我冷漠的回應，他沒有生氣，反而欲言又止地娓娓道來。

『你聽了不要覺得我很奇怪，我只是……只是在認為這樣已經足夠之後，內心變得輕鬆許多。即便仍有些放不下、感覺復仇還沒完成，但恨意消失之後，也不覺得難受了。所以我希望你也能體會到同樣的感覺。』

「……」

『抱歉，你應該有自己的考量吧。』

話筒兩端再次陷入沉默，我正打算告訴他如果要說的都說完了，就掛斷電話時，他卻主動說了些奇怪的話。

『也對，金會長那群跟班的老大還沒被警方逮捕，這也讓我有點不安。』

這時我才想起瘋狗。會議結束後，金會長曾經和神經病說過那小子不見了，並質疑他把人帶走。當時神經病沒有給出明確答覆，不過我也和金會長一樣懷疑他。

要是神經病真的帶走了瘋狗，會帶他去哪？而且面善男說其他人都被警察逮捕了，又是怎麼回事？照理來說，金會長不可能輕易把人交出來，一旦他們被捕，自己的罪行也會浮上檯面，他應該會私底下把他們處理掉吧。但面善男接下來說的話，卻徒增了我的困惑。

『宋宥翰幸運地逃離現場，沒被逮到，但我並不是很擔心。現在金會長不在了，他就像斷線的風箏，應該很快就會完蛋。畢竟他還跟貸款公司借了不少錢。』

「你說金會長不在了？」

夢想企劃瀕臨倒閉，但金會長可不是會輕易倒下的人，他反而會帶著恨意跟狠勁，使出更惡毒的手段尋找活路吧。聽我這麼一問，面善男驚訝地反問。

『你沒聽說嗎？』

——聽說什麼？

『金會長死了。』

一股寒意瞬間從脊椎竄上大腦，驚懼開闔的嘴只能發出氣音般的詢問——是怎麼死的？

『聽說是被防身用的電擊棒電到。不幸的是，金會長的心臟裝有某種裝置……』

他解釋的聲音仍在繼續，我的腦海卻被神經病對金會長說的最後一句話徹底占據——

——那樣你也會掛掉吧？

通話結束後又過了一段時間，我才終於回過神來，能夠好好思考面善男最後提到的消息。在幹部會議開始前，金會長似乎就事先在別墅籌備了一場派對，想在大獲全勝後大肆慶祝。然而，與他的期待不同，幹部會議成了宣告他一敗塗地的斷頭臺。

而本該取消的派對，在金會長的堅持下依然照常舉行。他可能認為要是取消派對，就等於承認自己落敗了吧。所以縱使計畫被搞得面目全非，他還是砸了大錢，把一個二十歲出頭的青年當成了派對的祭品。

那個人是他以「不是藝人要做什麼都可以」為條件，向高利貸公司買來的獵物，想一解平時不能弄傷藝人的臉和四肢的煩悶。想當然，派對的氣氛肯定死氣沉沉，畢竟不僅金會長的事業徹底毀了，身為得力部下的瘋狗也不見蹤影。

在一旁察言觀色的明新，大概也顧著思考金會長以後還有什麼用處，沒有認真幫他口交。就在那種狀態下，心情煩悶的金會長毫不留情地對祭品施暴。當那人幾乎昏厥倒地時，警方卻突然現身。

也不知道警察怎麼會找上門來，不過，率領警察前來的是一名女性——那個被當成祭品的青年的母親。她看著倒在地上遍體鱗傷的兒子，悲痛欲絕地大聲哭喊，隨後便拿出藏在身上的電擊棒，衝向金會長。

警察根本來不及阻止，在女人不管不顧的攻擊下，下半身未著寸縷、晃著醜陋性器的金會長立刻當場身亡。據面善男所說，她的行為不具殺人犯意，應該會被判處過失致死，免去牢獄之災。

儘管明新在那場意外中趁亂逃跑，但瘋狗的餘黨幾乎被一網打盡。而她是怎麼知道金會長別墅的位置，又為何剛好帶著防身用的電擊棒，似乎無人在意，大家更關注的，是金會長生前罄竹難書的各種重大惡行。

然而，這一切疑問的答案卻在我腦中隱約浮現。而金會長死亡的日期，更加深了我不祥的預感——舉行幹部會議的當天晚上。

那天晚上，神經病是這樣對我說的——

——我把他們都處理掉了。

當時的我，理所當然以為他指的是幹部會議。但假如不是呢？隔天愛麗絲的社長說自己前一天沒出現，是為了收拾髒東西的那番話也令人很是在意。再加上瘋狗目前下落不明，讓一切都籠罩在了疑雲之中。一陣寒意順著脊背蔓延而上，令人毛骨悚然的感覺倏然將我包裹。我敢肯定，在這一切背後推波助瀾的，絕對是神經病。感覺他完全可以笑著做出這一切勾當，哪怕是殺死金會長。

面善男的電話，或許是在提醒我提前做好準備。因為金會長離世，真的成了斷線風箏的明新，大概正被墜落的暈眩搞得昏頭轉向吧。那天晚上，我接到了明新打來的電話。

『……王八蛋，你現在在哪裡？』

明新的聲音憤怒地顫抖著。我沒有回答，只是靜靜將手機貼在耳邊。沒有得到我的回應，他再次大吼。

『幹，你在哪裡！』

「醫院。」

我據實回答後，他輕聲的嘲笑便傳了過來。

『哼，你把金會長的跟班弄得半死不活，被人拿刀捅了嗎？』

明新似乎不知道我為了救面善男而住院的事。原來瘋狗真的不是金會長帶走的啊，那他到底在哪裡？我一邊疑惑著，一邊不耐煩地回嘴。

「你很清楚嘛？」

我平靜地承認了他的猜測，只聽電話那頭的笑聲瞬間消失，並再次傳出他啞牙切齒的低聲咒罵。

『王八蛋，你怎麼不乾脆死一死？』

聽見有人強烈希望我死去的詛咒，不知為何，即使語氣中夾雜著冰冷的怨恨，我也只覺得好笑。或許是無論他人的詛咒和憎恨再怎麼強烈，始終不及一直在我心頭縈繞的、想要尋死的念頭吧。

「對，很不巧，我活下來了。」

『……』

「你打來就為了這個？對於我還活著感到惋惜？」

『……混蛋，對，相當惋惜，畢竟從你對我做的事情看來，你真該立刻去死。』

啊，他似乎知道我和面善男是合謀向他復仇了，應該是聽瘋狗的餘黨說的吧。照理來說，他應該不知道我確切是用了什麼方法，所以我有點想不透他為什麼這麼生氣。要是他知道前因後果，肯定早就打電話來把我痛罵一頓，但此前的未接來電裡並沒有他的名字，而其原因很快便被揭曉了。

『臭小子，你派臥底過來偷走我的資料是想幹嘛？嗯？是不是你對自己的金主搔首弄姿，求他開除我的？幹，是不是你！』

「你被開除了？」

他沉默片刻，再次低聲咒罵。

『幹，我才沒有被開除。雖然這是你不切實際的妄想，但我絕對不會倒下。』

「為什麼？你要找新的金主嗎？」

被我這麼一問，他突然發出一陣咯咯笑聲。我欣賞著他莫名其妙開懷的笑聲，聽他再次開口問道。

『你怕了？怕我勾引你的金主？』

他充滿自信的嘲諷中，帶著一股濃濃的恨意。聽著他說的話，我倏地想起面善男的忠告，還有貸款公司老闆的要求——選擇忘掉將會一敗塗地的明新，或是讓他徹底墜入深淵。本該果斷選擇後者，但在最後關頭我卻猶豫了。遲疑片刻，我決定把選擇權交到明新手中。

「你這麼好奇我的金主是誰？好奇的話，我可以幫你介紹。」

『幹，以為我還會傻傻被你騙……』

「不過，你要先把從我這裡偷走的錢連本帶利還給我，那樣我就讓你見我的金主。」

『……』

「不過，就只有這樣而已，我只會讓你見他一面。光是這樣，你就得拿錢給我，這樣你還要來嗎？」

這顯然是個不合理的提議。即使明新好奇我的金主是誰，也不至於蠢到花大錢來確認這件事。然而明新卻選擇了那個愚蠢的選項。只聽那已從憤怒轉變為貪婪的聲音這麼要求道。

『那當然。不是說只要付錢，你就會讓我見到你的金主嗎？哈哈，才那點小錢。好，我給你，不過你也要答應我一件事。』

「答應什麼？」

『是你自己要介紹金主給我認識的，要是你口中那個非常喜歡你的金主對我一見鍾情，我不負責喔。』

聽著他胸有成竹的語氣，我回答說「知道了」，話筒另一頭隨即傳來一陣嗤笑。

『原來你真的相信金主的愛啊？覺得我這樣很可笑？』

「……」

『啊，也對，畢竟對李宥翰來說，宋明新過去只不過是個任人使喚的廢物，你覺得我這種人完全構不成威脅吧？』

我沒有回答。最後，他用充滿自信的聲音，確認了我的位置。

『我馬上過去，你等著。我還是第一次如此期待見到你。』

或許認清現實就是改過遷善的開始，必須先認知到自己錯誤的人生，才能做出改變。通常大家都認為要蛻變成全新的人很難，其實不然，要認清現實反而更加困難。

錯失良機的我因此失去了家人，而明新則是會墜入更絕望的深淵吧。這就是人類無法逃離的因果報應，沒能察覺的錯誤終將回到自己身上，如此循環往復。自傲、貪婪和自私的心態若在內心不斷膨脹，逐漸麻木的感受將會使人徹底迷失其中。

這是所有人都知道的、再平凡不過的道理，我卻像白痴一樣，花了五年才終於醒悟。跌落谷底的明新，也要經過五年才會感同身受嗎？或許他一輩子都會將人生的不幸歸咎於別人吧，畢竟那樣比較輕鬆。

喀噠喀噠。

腳步聲從不遠處傳來，我從倚靠著的長凳上抬起頭。

一般人走到醫院後方的小庭園只需要三分鐘，但以我目前的身體狀況，需要將近十分鐘的時間。不消片刻，我便像剛做完劇烈運動般，扶著腰喘得上氣不接下氣。

每次挪動腳步，針扎般的痛楚便伴隨而來，腹部傷口隱隱發燙，就連呼吸也像凌遲般撕扯著神經。我靠在長椅上強忍疼痛，在明新抵達之前，我甚至沒察覺到時間流逝。儘管傷口疼痛難耐，但一看見走到我面前的人，痛楚便立刻被我拋諸腦後。

他的氣色比上次見面時還差，看來金會長的失勢和死亡，對他造成了極大的打擊。不過，他的眼神卻與此前不同。明新的雙眼，此時正閃爍著任誰都能看出的強烈渴望，只見他在距離我幾步之遙的地方停下腳步。

「這是你要的錢。」

他手上提著袋子，眼神在周遭逡巡，順勢打量起我的狀態。

「金會長旁邊的大塊頭是你幹掉的嗎？」

「……」

「什麼？你真的殺了他？」

明新傻眼地問道。我緩緩搖了搖頭，他卻露出一臉懷疑的表情直盯著我。

「如果你沒殺他，他為什麼一直沒出現？你是跟他打了一架之後，才被送來醫院的吧？」

「你來這裡找我，就是為了問這個？」

他瞪了我一眼，才從袋子中拿出一疊鈔票。

啪。成捆的紙鈔剛落在腳邊，他便立刻開口。

「只是為了這個嗎？」

啪。他又丟了一捆鈔票。

「只是為了拿回這筆錢，才那麼窩囊地纏著我復仇嗎？哈，早說嘛，要弄到這點小錢輕輕鬆鬆，要多少我都可以給你，狗崽子。」

啪，啪。

「撿起來啊。既然你那麼想要這筆錢，就給我撿起來，臭小子。」

明新惱怒地開口催促，我卻只是默默看著腳邊的錢，平靜地站了起來。起身的動作讓傷口又是一陣鑽心地疼痛，我強撐著微顫的雙腿，在逐漸抬高的視線中，望向站在黑暗中的明新。

「不夠。」

聽見我說的話，他皺起眉頭，隨後又馬上開口。他甩著還拿在手上的幾捆鈔票，出言恥笑。

「啊，這個？你連利息也要？那不行，這要等你透露金主身分之後才能給你。」

「那樣還是不夠。」

嘲諷的笑意自嘴角蔓延至他冷漠的瞳孔，明新緊握著鈔票，開口怒罵。

「不夠？也對，你這傢伙處處威脅我、想把我幹掉，不管怎樣都不夠吧？王八蛋，說說看啊，你想要多少？」

多少啊……最初在一怒之下開始的復仇，是為了徹底搞垮明新，並無其他目的。但在復仇即將得償所願的此刻，我卻忽然想起了原本不甚在意的東西——他還沒道歉。

「五年前的事，你果然沒有任何罪惡感。」

他皺起眉頭，又立刻理直氣壯地抬起下巴。

「罪惡感？我為什麼要有那種東西？反正那些錢不也是你勒索別人賺來的嗎？你可以，我就不行？」

「不，你也可以。」

這番回應讓他呆愣片刻，而我繼續小聲說道。

「所以你也應該贖罪，像我一樣。」

「你到底……在說什麼？」

明新露出「你在發什麼瘋」的狐疑表情。我的視線往下看著他的手，回答了他的疑問。

「不管有多少錢都不夠。」

他皺起眉頭，雙頰因憤怒而微微顫抖。我看著咬緊牙關的他，平靜地繼續說道。

「不過，你說不定一輩子都無法醒悟自己無法還清債務的原因。」

「不要再鬼扯了，告訴我你的金主是誰。」

我沒有理會他暴躁的質問，轉而看了看手機上的時間。十一點五十分，他通常十二點過後才會出現，現在說不定快要抵達病房了。我刻意約在外頭見面，所以明新還有最後一次機會。要是把神經病帶到他面前，復仇就可以輕鬆結束了，可連我自己也搞不懂，為何要多給他一次機會。

是到了最後關頭，產生了原本沒有的同情心嗎？這個猜想讓我忍不住在心裡笑了出來。「同情」一詞似乎不單是憐憫明新的處境，也是在說我自己，因為我和他一樣。是啊，我們是共犯。我緩緩彎下腰，撿起明新丟來的鈔票，丟還給他。啪。明新看著我丟回去的錢，用力皺起眉頭。

「幹，你是怎樣？」

「你再重新考慮一下。」

「什麼？」

「我的意思是，你可以直接拿錢離開。這筆錢不是你借來的嗎？」

見我不加掩飾地將這件事情攤開，明新臉上倏地閃過一絲愣愣，不過他立刻發出一聲冷笑。

「李宥翰，你以為金會長掛了，我就是個什麼都做不了的垃圾嗎？」

「對，你和垃圾一樣。你不就是想對我的金主出手，才會連夜借錢，急急忙忙衝過來嗎？」

他的表情瞬間扭曲，激烈的辱罵似要脫口而出，但他只是握緊拳頭，站在原地沉默片刻。

「別再講屁話了。是你看到我真的出現，自己害怕得要命吧？在電話裡還大言不慚地說我要來就來，結果我真的拿錢過來，你就怕了？怕我真的對你的金主出手？還是你怕被自己的金主發現，你利用他來進行金錢交易？」

「……」

「呵呵，李宥翰。」

啪，啪，啪。夾雜著支票的成捆紙鈔，再次接二連三被丟到我面前。明新抬起下巴，撇了撇嘴。

「那些不是用來還債的，純粹只是『精神撫慰金』。不管遇到誰，我都有辦法迷倒對方，因為我能夠變成對方想要的任何樣子。要打賭嗎？看你的金主幾天就會為我淪陷？」

充滿自信的他笑得越發燦爛，並朝我走近一步。

「老實說，你說要讓我見金主是騙人的吧？其實是你怕了，不想讓我見他，所以才約我在外頭見面吧？」

話音未落，手中的手機倏然響起。儘管未有鈴聲，嗡嗡的震動依舊在夜晚寧靜的空氣中格外清晰。我低下頭，看著螢幕上出現的、神經病的名字。就在我想直接關機時，一隻手猛然伸了過來搶走我的手機。事發過於突然，我抬眼一看，只見明新已迅速接起電話。

「您好，這是李泰民先生的手機。」

電話另一頭的人好像問了句他是誰。明新後退幾步，一邊不懷好意地看著我，一邊用溫柔的聲音說道。

「我是泰民的朋友。您是泰民的金主吧……果然是啊。我們在醫院後面的長椅……」

對方似乎直接將電話掛斷了。明新微微皺眉，凝視著手機螢幕好一陣子。可能是他自認能輕易擄獲我金主的虛妄期待，導致他沒發現電話那頭的聲音十分耳熟。他興奮地轉頭看向我，像丟垃圾般把手機丟了回來。

「來，如你所願，這些都是你的錢了。還愣著幹嘛？不趕快撿起來？」

他用下巴指著散落一地的紙鈔，過分的自信彷彿就要從眼中傾瀉而出。

「你嚇傻了嗎？一想到我真要見到你的金主，開始後悔自己虛張聲勢了？」

「……」

我默不作聲地看著他。看見我的表情，原本志得意滿的他緩緩收起笑容。我沒有出言嘲笑，也沒有憤怒地宣洩情緒，但明新卻皺起眉頭。

「幹嘛用那種眼神看我？」

「我的眼神怎麼了？」

「簡直就像我……」

小聲嘟囔的他並沒有把話說完，反而忿忿地開口咒罵。

「幹，我如你所願老老實實把錢拿過來，在你眼裡那麼可笑嗎？你以為這就是我對你低頭道歉嗎？別笑死人了，臭小子，要不是看在你金主的分上……」

喀噠。腳步聲自他身後的庭園入口驟然傳來。明新瞬間停下不語，眼神逐漸散發出激動的光芒，並迅速將頭轉了過去。這大概是他近期難得感受到心臟怦怦狂跳的興奮吧——以為在逐漸崩塌的舞臺上，有人為他降下了一條救命繩索。

不過，他執著於我的金主，不單單只是想捲土重來的渴望，他眼底浮現的貪婪同時夾雜著濃烈的嫉妒，黑色的眼珠好似在瘋狂叫囂著「我要搶走喜歡你的金主」。他正以自己的方式向我復仇，主動朝著在黑暗中緩緩走近的人踏出一步。

「您好，我……！」

嚇！

明新驚懼的抽氣聲被神經病的腳步蓋過。因為背對著我，我看不見明新的表情，不過從他僵硬的肩膀也能看出他內心已然掀起了驚滔駭浪。尹理事好似步入聚光燈般緩緩走到燈光下，明新的指尖開始不受控制地顫抖。

「尹……尹理事？」

勉強擠出的聲音無人回覆。他應該看見了明新，卻當他不存在一樣，直接掠過他走向我。明新發現神經病掠過自己後，僵硬的脖頸勉強將蒼白的臉轉了過來。他帶著目眥盡裂的神情，觀察著神經病的一舉一動。只見神經病習慣性地伸手，輕輕撥弄著我的瀏海。

「你怎麼在外面？」

他溫柔地詢問，傳來的卻不是我的回答。

「怎、怎麼會……」

勉強擠出的聲音再次傳來，神經病這才回頭瞟了他一眼。不敢置信的情緒讓明新的臉極度扭曲，整個人抖得如同風中的一片落葉。

「太、太扯了，怎、怎麼會……那傢伙怎麼會跟、跟尹理事……」

「那傢伙？」

尹理事冰冷地反問，轉身面露微笑。

「在我面前還敢這麼放肆？」

此話一出，明新的眼球瞬間一顫。他拖著幾近窒息、彷彿快要昏厥的身體，勉強擠出聲音悄聲說道。

「不、不是吧……您、您那、那時親的是另一個人……」

他大概是想起先前在酒吧發生的事了吧。那時我還不知道神經病的真實身分，在抱著一探究竟的心情去到他所在的包廂後，明新也跟著出現。而從包廂走出來的神經病吻了我，將我一把拖了進去。

「就是我。」

「不是，我記得……不是你。名字，明明是另一個可笑的名字……」

聽見我肯定的答覆，明新結結巴巴地反駁。隨後，神經病不耐煩地回答。

「對，兩百元，那是我幫李宥翰取的愛稱。」

「——！」

「你居然說這個名字可笑……宋明新先生。」

明新轉過如石膏般慘白的臉，而神經病正面無表情凝視著他。

「看來你不知道什麼才是真正可笑的東西。對我來說，至少要鮮血橫流才稱得上可笑，就像金會長一樣。」

喀噠。

明新倒抽一口氣，踉蹌著退後。

「果然……是你……是你……」

口中念念有詞的他，慌不擇路地迅速轉身逃離。

噠噠噠達。

倉促的腳步聲在空氣中迴盪。他狼狽奔逃的身影彷彿融入夜色，醫院濃重的黑暗就這麼將他吞噬。我的目光直愣愣地看著他離開的方向，直到一隻溫暖的手撫摸了我的臉。轉頭一看，神經病的身影映入眼簾。我看著他，不經意地開口。

「結果我的復仇，算是你完成的。」

——雖然遠比不上你除掉金會長的計畫。

後面這句話我沒說出口。就如同明新察覺到了什麼，我也確定他肯定對金會長出手了。可現在我對確認真相意興闌珊，可能是迅速了結的復仇過於空虛，一股巨大的厭倦感瞬間將我淹沒。聽見那番話，神經病噗嗤一笑，親切地提醒我自己先前說過的話。

「你本來的計畫不就是這樣嗎？利用尹理事復仇。」

啊，也是。原本只是想表面做做樣子，作夢也沒想到尹理事真的會成為我的金主，直到今天我仍有種不敢置信的感覺。我緩緩彎下腰，撿起地上的鈔票。神經病似乎不太滿意，問我幹嘛撿那種垃圾，而我回答他。

「正因為是垃圾，才要撿起來丟掉。」

當我勉強挺起疼痛不適的身體時，他終於等到機會似的拉住我的手臂。我看著他邁開腳步的背影，喃喃自語著稍早回想起的、令人不敢相信的事。

「我當初沒想到你會幫我。」

我的聲音很小，他應該沒聽到。沒想到，配合我放慢腳步的他，過了一會兒才傲慢回答。

「既然你用兩萬零兩百元買下我，當然要接受幫助了。」

再次聽聞明新的消息，已經是幾週後了。不對，應該說是看見才對。明新的性愛影片被上傳到網路上，並且瞬間傳開。影片內容是他沉溺在毒品中，跟好幾個男人做愛的樣子。

因為是家喻戶曉的藝人，這段影片引發了軒然大波。貸款公司的老闆大概因此海撈了一筆吧。而且我敢保證，影片不會只有一部而已。不用想也知道，就算下海拍了那種影片，明新的債肯定還是還不清。

理所當然地，此後明新的消息便如石沉大海般不再有人提起或關心。即使性愛影片的事件徹底平息且遭世人淡忘，他也沒有重新復出。大概就像亨碩一樣，只能一輩子帶著實現不了的夢想活著了吧。我偶爾也會想起，曾和我使用相同名字的他，或許真的是我的另一面——看不見自己的錯誤，就那麼活下去的另一個我。

滋滋——

伴隨簡短的雜音，螢幕開始播映電影。神經病為了待在醫院無聊到發慌的我，留下了一部電影要我觀看。憑著直覺，我知道那是鄭製作人拍攝的電影的臨時剪輯版。明明應該立刻點開，我卻異常緊張，手指在鍵盤上猶疑不定，就這樣過了三十幾分鐘後才小心翼翼地按下播放鍵。

電影的開場，是從主角出門上班開始。主角的職業是地方有線電視臺的影像剪輯師，他幸運地接獲製作人提出的紀錄片製作邀約，正準備剪輯自己拍攝好的素材。這次的企劃，是向形形色色的人們詢問同一個問題，並採訪他們。而那個問題也非常簡單。

——你是為了什麼而活？

為了讓紀錄片更加豐富，他不僅訪問平凡的普通人，也找了一些與眾不同的人接受訪問。其中就包含了女同志、愛穿女裝的男人、站在鏡頭前就不停發抖的演員和有自殺傾向的上班族等等。

每當他剪輯一段影片，自己過往的故事好似也會浮現其中，與形形色色的採訪交錯呈現。艱苦的童年讓他被迫學會自立自強，但喜愛的事物總能支撐著他繼續前行——拿起攝影機，拍攝這個世界。他的一切夢想，都蘊含在那小小的取景框中。

然而，長時間浸潤在喜歡的事業中，自己缺乏天分的殘酷現實便越發浮現。世上天才多如繁星，僅憑著熱情和努力，就彷彿夸父逐日般根本追不上那些人的腳步。現實無情的打擊讓他萬分苦惱，不知應該就此打住，還是該繼續堅持？

而他籌備的這部紀錄片，就是他作出決定的重要分水嶺。他已經盡力了，想拍的內容也都毫無保留地呈現。然而，臨近下班時間，他接到了一通電話。就在默默接聽電話的他面色凝重地結束通話時，製作人走到了他的座位旁邊，大發雷霆地對他破口大罵。

製作人手上拿著主角這次拍攝的紀錄片樣片，大聲質問他「這種主題老套又枯燥的內容到底有誰會看」。辛苦籌備了好幾個月，影片時長超過一小時的紀錄片，就這麼淪為廢物。鏡頭像小狗的視線般，隨著他疲憊的雙腿一同回到家中。

脫下衣服，走進廁所，他在鏡子前佇立許久，腳步才終於在書桌前停下。他重新看了一遍自己剪輯的樣片，每當影片中的受訪者短暫登場，鏡頭便會隨之移動至房間的一角。

一開始是女同志的訪問，緩緩移動的鏡頭中最先出現的，是桌上的一張照片。那是他父親年輕時和某個男人的合照。照片裡的人十指交扣，大方展現著已然超越普通友誼的親密。只要站在鏡頭前就不停顫抖的演員在畫面中一閃即逝，鏡頭也隨之定格在父親照片旁邊的藥瓶上，精神治療藥物的名稱與它前方貼著的便利貼字跡清晰可見。

我不怕攝影機。

攝影機是他最喜歡的東西，但在某一刻，他卻忽然感到恐懼，如果不依靠藥物，他甚至無法拿起這臺不算沉重的機器。隨後，鏡頭緩緩移動，依序記錄下他在其他受訪者身上尋找的、自己的碎片。時間在畫面中不停流逝，不知不覺間，紀錄片裡只剩兩名受訪者。

愛穿女裝的男人出現，攝影機便掃過主角的臉——塗著唇膏的紅唇、點綴藍色眼影的眼睛和精心打造的妝容，好似都在訴說著他並非第一次化妝的生手。接著，終於來到最後一段採訪——既是主角的朋友，亦是一心想尋死的上班族。他受訪時說過的話又再次重複。

「我認為所謂的人生，只有想活下去的人，才需要理由。」

鏡頭緩緩聚焦在主角垂落的手腕，上頭隱隱浮現自殘時留下的細長疤痕。接著，鏡頭再次切換到主角下班前接到的電話，那是一通通知他朋友死訊的來電。接著，我再次出場了。

在辦公室忙完工作的上班族走上天臺，毫不猶豫地一躍而下。我屏氣凝神地看著那一幕，彷彿畫面裡的人根本不是自己。在迎接死亡前，那張臉上露出的淡淡笑容，莫名深刻地烙印在腦海中，久久無法消散。

鏡頭再次切回房間裡的主角，他關掉已經播完的紀錄片，走到洗手臺前卸妝。他換上黑色西裝，將剩下的精神治療藥物全都裝進同一個罐子，塞進衣服口袋。隨後，他來到門前，推開門走了出去——主角離開的背影，這原本是電影的結尾。

按照我看過的劇本，結局只寫到這裡。主角吞下那些藥之後是死是活，無人知曉。沒想到，影片的最後還有一段未知內容。場景切換到殯儀館，主角站在充斥著哭聲的殯儀館門口，遲遲不敢進去。

最終，主角還是轉身走了出來。他眼角的餘光瞥見了某個女人正蹲坐在一旁，一語不發地默默掉淚。主角認出她是自己去公司訪問朋友時，曾經見過的、他的公司同事。

而她就是和我一起拍攝辦公室那場戲的女演員。據說是知名舞臺劇演員的她再次出場，我只能驚訝地看著最後一幕。主角走上前問她「還好嗎」，而她只是沉默地點了點頭。那雙盈滿淚水、傷心欲絕的眼睛，讓觀眾也不禁跟著感到一股難以言喻的悲傷。鏡頭拍攝著她哭泣的模樣，僅有主角的聲音作為旁白。

「妳跟我朋友很要好嗎？」

被這麼一問，她搖了搖頭，淚水止不住地流淌，耳邊傳來她帶著沙啞的小聲咕噥。

「我一直想跟他拉近距離……」

電影的最後，淚流滿面的她帶著扭曲而悲傷的微笑在畫面中定格。

「我想成為……那個人活下去的理由。」

◆◆◆

嘰咿咿——！

伴隨車子的急煞，關門聲砰地響起，緊接著是一陣急促的腳步聲。

喀噠、喀噠。

一個高䠷的男人走下車，腳步倉促地朝著燈光微弱的三層樓房走近。然而，當視線一觸及到那個倒在地上的人，他便倏然停下腳步。

蒼白到近乎透明的臉、流淌一地的刺眼腥紅、側倒的身體上插著的鋒利刀刃，以及指尖快要觸碰到的手機。

尹傑伊一臉平靜地確認了對方的身分後，忍不住咬緊牙關。片刻過後，他環顧四周，對著附近躺著的另一個人瞇起眼睛。

兩人似乎經過一番激烈搏鬥，各自受傷倒地。在他心愛的人身上捅了一刀的是誰顯而易見。

憤怒從心臟蔓延至指尖，他強忍著怒火，迅速將重要的人抱到車上。腹部的出血情況並不樂觀，但所幸沒有拔出刀子，只要盡快送醫應該就不會有生命危險。

但讓他躺在後座的尹傑伊沒有立刻出發，而是繞回去揹起腿上流血、倒臥在地的金會長的跟班。接著，他走到車子旁打開後車廂，把他當成貨物丟了進去。

砰！

後車廂關上的聲音震耳欲聾，力道大得連車體都微微震動。震盪些微止息，緊隨後響起的，是車子發動的隆隆引擎聲。

不久後，車子風馳電掣地抵達醫院，尹傑伊立刻抱起血流不止的人，朝著醫院狂奔。被身上還插著刀的傷患嚇到的醫護人員和醫生跑了出來，慌亂之間，有人開口問道。

「還有其他傷患嗎？」

只聽冷漠的聲音開口回答。

「沒有。」

瘋狗之所以醒來，是感受到口中灼燒般的乾渴。不對，與其說口渴，不如說滾燙的身體在渴求清水的滋潤。口乾舌燥的感覺攫住大腦，渴水的欲望迫使他睜開眼睛，並發現自己置身在一個完全陌生的環境。

這裡是哪裡？伸手不見五指的漆黑空間，瀰漫著地下室特有的潮濕氣味。他試圖起身，腿上的痛楚卻瞬間蔓延，他只能一邊呻吟，一邊躺回地板上。

「呼，呼……」

好痛。傷口的疼痛彷彿某種狠毒詛咒，讓他混沌的意識稍稍恢復清明。他用手環住被濃稠血液凝固的傷口。

「哼呃！」

他微微一頓，痛苦讓身體不受控制地顫抖，嗚咽般的呻吟自口中淌出。

「呃！哈啊……喂！有……有人在嗎？喂，你們這些傢伙！」

叫喊聲在空曠的地下室迴盪。忽然間，疼痛和寒意同時襲來，他感到一陣頭暈目眩，只能再次被迫闔上眼睛，並在心中反覆說服自己這不是現實。然而，當他再次睜眼，面前依舊是同一片讓人絕望的黑暗。逐漸強烈的痛楚與高燒讓他連話都說不清楚。應該再次大喊求救，他卻只能發出含糊的呻吟。

「哼呃……咳……啊呃呃，呃……啊……啊呃呃！」

喉嚨變得更加灼熱，帶來更甚痛苦的煎熬。就在那時，某個不屬於自己的聲音傳了過來。

喀噠，喀噠。

伴隨著腳步聲，一道微弱的光線透了進來。他勉強抬起頭，但眼前的男人實在太高了，根本看不清長相。不過，他的聲音倒是十分清晰。那冷漠又無情的聲音似曾相識，他卻怎麼也想不起來。對方並沒有揭露自己的身分，但似乎能聽懂他含糊不清的哀號。

「想活命嗎？」

「呼……救、救命……送我……去醫院……」

他艱辛地擠出力氣說話，對方卻冷漠回覆。

「醫院？好，我可以送你去。你有辦法活到那個時候的話。」

那個時候？是什麼時候？被高燒麻痺了一切知覺的身體沒能發出疑問，不過，東西墜落的聲音卻清晰地被耳朵捕捉。咚——咚。某個東西掉到他的身邊，他伸手摸索，抓住一個圓滾滾的水瓶。水！是水！他瞬間忘了疼痛，急急忙忙轉開瓶蓋，讓水流入口中，因此沒能聽見那人接下來冰冷的話語。

「到他醒來為止。」

在那之後，他依靠著偶爾丟給他的水和麵包，在清醒和昏迷之間反覆。雖然他的腿從某一刻開始飄出腐臭的味道，不過支配身體的熱度已將意識徹底模糊。他什麼都做不了，只能強撐著不要死去。

一開始給他水的男人曾經說過，要是他能活下來，就送他去醫院，所以他必須活著，然後找出幕後之人，讓他們見識自己的可怕。

即使精神恍惚，他仍這樣祈求著，苦撐到他殷殷期盼的瞬間到來——自己存活到最後，獲得勝利的瞬間。終於，與一開始那個男人不同，另一個四十幾歲的中年男人前來告訴他。

「那小子醒來了，我送你去醫院。」

明明只是平靜宣告他可以活下去，他不知道男人的語氣中為何帶著笑意。他如昏迷般安心地陷入沉睡。後來，當他在某間破破爛爛的精神病院醒來，他腐爛的腿已從大腿以下被截肢了。

◆◆◆

平日清晨，飯店一樓的大廳相當冷清。手機震動的嗡鳴從剛走出電梯的尹傑伊身上明顯地傳來。他停下腳步，面無表情地接起電話。自從回到韓國後，他的手機就一直響個不停。他按下通話鍵，臉上露出不耐煩的神情。果不其然，這次打電話來的人，也和之前其他人抱持相同目的——想見母親最後一面。

「對，我現在要出發了。」

尹傑伊像個機器人般，對著自己根本沒見過的母親友人，說出他已經對其他人說過無數次的話。

「媽媽說想安葬在外公外婆家那邊的墓園，並舉辦告別式……對，我都可以……請告訴我前來的人數，我會通知儀式的負責人。」

在簡短說明後便掛斷電話的他，沒走幾步便再次停下腳步。大老遠地，他看見了從飯店入口快步走進來的人。那是他認識的人，也是他這次回韓國見到的親戚。不，那個被法律文件認定為陌生人卻自稱是他叔叔的人，在他們甫一見面就立刻紅了眼眶。要不是曾經聽母親提過，他根本不想搭理對方，因為對方是相當聒噪又煩人的類型。果不其然，對方催促緊跟在後的人的聲音在大廳裡轟然迴盪，就連遠處的尹傑伊都聽見了。

「吼，趕快過來，要是我們傑伊已經離開了怎麼辦？」

聽見愛麗絲的社長這麼說，身穿套裝、腳踩高跟鞋努力跟上的夫人，小聲地發著牢騷。

「怎麼會？你五分鐘前才跟他講過電話，他不是還在飯店嗎？你幹嘛不在電話裡直接說要和他一起去？唉，你明明是叔叔，怎麼會不好意思開口？直接告訴他『我要陪你去你媽的告別式』不就好了？」

「哎喲，那是因為我——！」

愛麗絲的社長剛提高音量，又立刻冷靜下來，嘟囔般解釋。

「我雖然是叔叔，可是我跟一般的叔叔不一樣嘛。我們上次見面是傑伊小時候，傑伊跟我相處也會尷尬。」

「他看起來根本不在乎。」

「他媽媽過世了耶，而且他年紀還那麼小，就為了替母親安葬獨自回到人生地不熟的韓國，該有多麼孤單害怕？」

「他都二十五歲了，哪裡小？」

「還沒滿三十歲都算小。」

「……那年紀還小就結婚生子的你算什麼？」

「我是小大人。」

夫人無奈地看著老公。放在平時，愛麗絲的社長大概已經察覺夫人的表情，能讀懂她的臉色了。可現在的他眼中容不下任何東西，僅能對年紀尚淺的傑伊遭遇的痛苦產生共鳴，並跟著感慨。

「我真的無法想像，傑伊一個人是懷著怎樣的心情回到韓國的……嗚，他晚上哪可能睡得好？」

愛麗絲的社長眼淚撲簌簌落下。因為他本來就是個愛哭鬼，夫人完全無視他的悲傷，只顧著在飯店東張西望。

「飯店這麼大又這麼高級，他應該睡得很好吧。就算還沒三十歲，也有一定年紀了，哪可能不敢自己睡？倒是你從一早開始就不知道在忙什麼，還說要熬粥給傑伊吃。這裡可是五星級飯店，早餐一定很不錯吧？」

聽見夫人這麼說，社長趕忙大聲駁斥。

「他應該整晚都在暗自啜泣，嘴巴該有多乾啊！至少要讓他吃點粥吧。而且媽媽過世跟年紀有什麼關係？就算活到一百歲，媽媽過世的話，一定也會哭得像孩子一樣。就算勉強壓抑在心裡……嗯？傑伊！我來了！這裡這裡！」

他像呼救的遇難者般拚命揮著手。尹傑伊面無表情地上前詢問。

「我以為你們會直接去墓園。」

「本來是這樣想的，但想到你要一個人……嗚，淒涼地、嗚，捧著媽媽的骨灰罈去墓園，該有多悲傷……嗚！」

愛麗絲的社長語帶哽咽，還吸了好幾次鼻涕，與之相反的當事人尹傑伊，聲音裡只有冷漠。

「骨灰罈已經送到墓園了。」

「喔，這樣啊？那出發前最好先填飽肚子，我們找個地方……」

「我吃過了。」

他無情地打斷對方。愛麗絲社長的夫人觀察著他的反應，一邊挽住老公的手臂。

「你看吧，我就說這裡的早餐很不錯。」

然而，愛麗絲的社長只顧著啜泣，根本沒注意尹傑伊的表情，他一邊露出心疼的眼神，一邊揪住自己的胸口。

「媽媽過世後，自己一個人吃飯，怎麼可能吃得下去？你應該也睡得不安穩吧。」

「我睡得很好，您不用擔心。」

現在尹傑伊的聲音已經明顯流露不耐煩了。不過，愛麗絲社長的眼睛反而凝聚起更大的淚滴。嗚，他顫抖著肩膀大聲啜泣，而夫人再次勾住他的手臂，悄聲說道。

「他都說睡得很好了，你幹嘛還這樣？」

「他怎麼可能睡得好啊，他是怕我擔心才故意那樣講的，嗚嗚。」

真的嗎？夫人偷瞄了尹傑伊一眼，從他臉上絲毫看不出任何擔心的情緒。

「不好意思，他心腸比較軟。」

她尷尬地笑著道歉後，只聽尹傑伊彬彬有禮地回答。

「請別這麼說，那找我還有什麼事嗎？」

「有，還有。」

愛麗絲的社長趕緊打起精神，遞出自己準備好的資料夾。

「雖然在你心情沉重時拿這種東西給你看，你大概會嚇一跳，但這等同於你媽媽留下的遺產，我一定要給你。其實我開了一間規模不小的酒店，之所以能順利開店，都是多虧了她借我的那筆錢。所以這間店應該有一半股份是你的，不，有一半絕對是你的！」

愛麗絲的社長擔心他拒絕，不安地盯著他看。尹傑伊卻乾脆地接過文件，讓他白擔心了一場。

「我知道了。」

「嗯？你、你願意收下？」

「對，已經沒事了吧？我可能得先離開了。」

愛麗絲的社長驚訝地愣在原地，然後趕緊點點頭。

「你走吧，趕快走吧。來，趕快走！」

愛麗絲的社長趕緊推著夫人前進，緊緊跟在尹傑伊後面。走沒幾步，尹傑伊便回過頭用疑惑的語氣詢問。

「為什麼跟著我？」

「還能是為什麼？我們要一起去墓園啊。」

「你們沒有開車來嗎？」

尹傑伊不耐煩的神情表露無遺，愛麗絲的社長卻燦笑著回應。

「嗯，我們是坐地鐵來的。」

「……好。」

「你擔心送別母親的路上只有自己一個人嗎？沒事的，如果你掉眼淚的話，我們會在旁邊安慰你的。」

尹傑伊小聲重複著「眼淚」兩個字，然後面無表情地點頭。

「對，開車不能流淚。」

「沒錯，我們可以輪流開……」

「所以絕對不能讓會哭的人坐上車。」

他果斷說完，便徑直前往停車場。看著尹傑伊走遠的夫人歪著頭，說出了自己的疑惑。

「是說，他媽媽過世了，他看起來卻不怎麼悲傷。」

「妳在說什麼啊？有些人悲傷過度反而會不願意認清事實。傑伊現在是強忍著強烈到妳無法想像的悲傷……嗚！」

看不下去的夫人終於忍不住說了一句。

「唉，你夠了吧。」

她的牢騷讓愛麗絲的社長啜泣著轉過頭。

「所以說，妳不要說什麼他看起來不悲傷。傑伊的媽媽生前多努力讓傑伊再次感受到情緒啊。」

「對不起，但如果你一直在旁邊哭哭啼啼的，他會討厭你吧。」

「傑、傑伊為什麼要討厭我？」

愛麗絲的社長再次提高音量，不過他的眼珠明顯地顫動了一下。

「我已經做好覺悟了，不管傑伊做什麼，我都會無條件站在他那邊。他、他應該也會明白我的心意吧？」

「無條件？」

這麼反問的夫人，瞇起眼睛看向他。

「即使他帶了一個男人回來，說要和對方結婚？」

「男、男人？」

「美國是談戀愛非常自由的國家嘛。」

「喔，但男人還是有點……」

夫人像是早有所料般笑了。

「你連這種事都不能理解，還好意思說要站在人家那邊？你根本沒資格當叔叔吧。」

愛麗絲的社長頓時瞪大眼睛。

「戀愛只要跟人類談就好。哎喲，我才不在乎性別，男人也完全ＯＫ啦。」

「假如對方是戴假牙的七十歲老頭呢？」

「……姐，妳為什麼要這樣對我？」

還能是為什麼？夫人拍了拍眼淚氾濫的老公的肩膀，柔聲安撫他。

「現在沒幾個大人會願意給傑伊忠告、無條件支持他了。我只是覺得不管什麼情況，先做好心理準備總是有備無患。」

她這麼說著，才後知後覺想起什麼般繼續說道。

「這才想到，要是他結婚，主婚人的位置就沒人坐了。啊，那樣確實有點悲傷。」

「嗚！」

愛麗絲的社長再次悲從中來，提起話題的夫人也眼眶微微泛紅。

「你那時候主婚人的位置也是空的。如果傑伊舉辦婚禮，我們一定要當他的主婚人。」

在兩人流著淚擔心傑伊的婚禮時，一臺車靜靜停在一旁，降下的車窗中傳來一句簡短告知——

「哭泣的兩位會影響我開車，所以我不能載你們。」

位於戶外的墓園和公園一樣寬闊。身穿黑白色系衣服的弔唁者們，長時間安靜地注視著回到家鄉的她最後的模樣。而在看見她的兒子非常沉穩地一一向賓客問好，並彬彬有禮地應對時，眾人更加心痛了。可說是他唯一家人的母親，在長久對抗病魔後不幸離世，他一定比任何人都傷心，卻還是如此冷靜地處理著母親的後事。

「你母親已經脫離苦海了。」

「你母親對抗病魔時，你在旁邊照顧她也辛苦了。」

「你母親那麼為你著想，你一定很難過吧？你可以哭出來沒關係，今天可以那麼做的。」

「謝謝」、「感謝」。重複同樣的道謝幾十遍，對尹傑伊來說並不難。儘管眾人為他擔心，但他其實並不覺得辛苦，也不怎麼傷心，且壓根感受不到任何哀戚的情緒。

不過，聚集在這裡的大多數人，即使和他母親已經幾年、甚至幾十年沒見面，卻還是悲傷得彷彿昨天才見過般，甚至不禁流下眼淚。就好似不哀傷的人無法被原諒，那彷彿要讓所有人都被悲傷浸染而形塑的氛圍，讓就連和母親沒有深交的人，也被現場氣氛同化，跟著紅了眼眶。

絲毫沒有被那股強烈悲傷影響的，就只有尹傑伊一個。理應最悲傷的他，不太……不對，是完全沒有任何感覺。儘管他早就知道，也接受自己是這種人，可獨自佇立在這悲傷的浪潮中，他自己也不太開心。煩躁感陣陣湧上，他叼著菸，在心中咕噥著。他媽的。

「呃，嗯，今天辛苦你了。」

尚未離開的賓客朝著他所在的吸菸區走近，小心翼翼地和他打招呼。尹傑伊拿下香菸，鄭重地鞠躬。

「不會，謝謝您過來。」

自動脫口而出的客套話說完，他抬眼一看，只見對方似乎還有話想說，吞吞吐吐地繼續開口。對方好像是個膽小的人，聲音微小又含糊，不過還是能勉強聽懂。

「你母親生前很擔心你，也非常後悔沒有更早帶你去美國。」

更早。這個詞引起了他的注意。知道母親過往的人並不多，不，可說是非常稀少。

「請問您跟我母親是怎麼認識的？」

「喔，嗯，其實我一開始認識的不是你母親，而是你的議員外公。那個，議員幫助了年輕時候的我，還聘請我當保鏢，我在各方面欠了議員許多人情。」

就算是保鏢，也不可能詳細知道雇主家的情況；就算知道了，交情要好到能坦露這些也絕不容易。不過，尹傑伊曾聽母親提起過，與娘家淵源頗深的某個人的故事，所以他知道眼前的人究竟是誰。尹傑伊徹底轉過身，仔細打量著對方。對方的身高與體格普通，身材偏瘦，眼神依舊不敢直視自己，說話也吞吞吐吐沒什麼自信。不過，母親是這樣形容他的——很會打架，非常能打。

「所以，嗯，如果你需要幫助，我很樂意……」

「聽說你很能打？」

唐突轉換的語氣，讓對方驚訝地抬起視線。

「什麼？對，我的確還算能打……」

「太好了，我現在就需要你的幫助。」

尹傑伊將香菸丟進垃圾桶，大步朝他走去。

他一邊驚訝地節節後退，一邊反問。

「現在？喔，現在立刻嗎？嗯，我是無所謂……等等，你為什麼突然對我說半語？」

「想讓你不爽。」

看著對方不可置信瞪大的眼睛，尹傑伊親切地解釋。

「你也要被激怒，才會認真出手吧？」

因為母親的離世，尹傑伊獲得了一項好處——不管做什麼，都會被視為走不出悲傷，進而獲得體諒。曾是外公保鏢的人和莫名其妙就展開攻勢的尹傑伊交手時，也曾這樣解讀他的行為。

「就、就算你因為母親過世而悲傷，用這種方式紓解還是……呃啊！」

多可笑啊？不管做什麼，甚至什麼都不做，都會被視為是失去母親的悲傷。就連沒有哭泣也一樣。

——就算活到一百歲，媽媽過世的話，一定也會哭得像孩子一樣。就算勉強壓抑在心裡……

早上在飯店大廳說出這番話的那個叔叔，絕對無法理解吧。對尹傑伊來說，根本沒有想哭的情緒需要壓抑。他是孩子時都沒哭了，就算活到一百歲也不可能哭出來。他這副模樣，大概一輩子都不會改變。

所謂的死亡，能夠讓只見過母親幾次面的人也變得肅穆。然而，對於從一開始就把死亡的意義視為無足輕重的尹傑伊而言，無論死的是母親，還是路邊的螞蟻，對他來說都一樣。這是自己內心某處崩壞所導致的問題，並且一輩子都無法治癒，但對他來說，這並非什麼重要的問題。

今天他之所以這麼煩躁，甚至煩躁到讓他在漆黑的夜晚，帶著受傷的手臂走進娛樂商圈，全都是源自同一個原因——他早就認為無可救藥、自己一輩子都無法理解而放棄的問題，卻因母親的離世像亡靈一樣在他身邊陰魂不散。幹，所謂的悲傷，到底是什麼感覺？

「喂！是誰叫你那樣丟菸蒂的？幹，丟到我衣服上是衝三小！」

突如其來的咒罵，讓尹傑伊面無表情地轉過頭，一群看起來像小混混的傢伙正不耐煩地看著他。尹傑伊迅速打量他們，對著挑釁者說道。

「喔，誰叫你看起來那麼像垃圾？」

「什、什麼？」

尹傑伊對著不相信自己耳朵的小混混，稍微彎起嘴角。

「我說，因為你一副垃圾樣，我才會朝你丟菸蒂。」

再次重複的囂張話語，讓四人的臉色驟然變得凶狠。

「那傢伙是瘋了嗎？你說誰垃圾？」

「喂，你找死是不是！」

聽見他們出言恐嚇，尹傑伊反而笑得更開心了。死？這到底哪裡像威脅？死了又能怎麼樣？

「還好，但你長得像垃圾一樣，還是死一死比較好。」

「你這傢伙真的是——！」

最開始挑釁的小混混朝著尹傑伊衝了過去。他迅急地揮出拳頭，但尹傑伊俯視著他，輕鬆閃躲，反過來用力擊中了他的臉。

「呃……」

展開攻勢的小混混發出痛苦呻吟，踉蹌退後。尹傑伊看著他，冷漠地放話。

「真是弱爆了，長得一副垃圾模樣，連揮拳都不會，簡直是個廢物。像你這種傢伙，八成找不到一份像樣的工作，只會跟其他垃圾混在一起自我安慰，以為自己天下無敵，實際上只是個快槍俠，屌一插進去就秒射。」

正準備開罵的小混混聽到最後一句話，瞬間張大嘴巴，表情狠狠扭曲。緊接著，他的臉馬上紅得像是要爆炸一樣。對方輕描淡寫撂下的狠話，顯然戳中了他的痛處。

「喂，幹，你……」

「像你們這種廢物……」尹傑伊停頓片刻，面無表情地對不停飆罵的對方作出結論，「真的死一死比較好。你們乾脆直接去死吧。」

「幹，臭小子，你會遭天譴的！」

激烈的辱罵在巷子裡大聲迴盪，暴怒的小混混也再次撲向尹傑伊。這次另外三人也一起衝向前，想為伙伴助陣。這正好合了尹傑伊的意，即使尹傑伊只有一隻手能活動，還是一邊防守，一邊展開攻擊，同時漫不經心地想著——要是把這四個傢伙統統殺掉，會稍微感覺到悲傷嗎？

只不過，他沒能如願。

「呃啊啊！」

在莫名其妙的地方展開攻擊的小混混慘叫一聲。因為這樣，正在和尹傑伊奮戰的其他小混混也發現了新加入戰局的人。與外表不同，那人非常迅速而精準地攻向對手的要害，並壓制對方。不過，大家之所以停下動作，並不是因為他很能打。

「你誰啊？」

一個小混混納悶地詢問後，那人終於轉過頭來。不過，沒人能看見他的臉，他正戴著一個碩大的布偶頭套。蓬鬆的棉絮在狹窄的巷弄間飛揚，然而，尹傑伊和突然遭受襲擊的那群混混一樣無言。

媽的，那隻兔子是什麼鬼？

——《PAYBACK 03．上》完

NE028

PAYBACK 03・上

페 이 백

作　　者　samk
譯　　者　吳采倩
封面設計　CC
封面繪者　Uri
責任編輯　任芸慧
校　　對　葛怡伶

發　　行　深空出版
出 版 者　深空出版有限公司
地　　址　臺北市中正區館前路 59號 9樓
電　　話　(02)2375-8892
傳　　真　(02)7713-6561
電子信箱　service@starwatcher.com.tw
官網網址　www.starwatcher.com.tw
初版日期　2025年 09月

總 經 銷　聯合發行股份有限公司
地　　址　新北市新店區寶橋路 235巷 6弄 6號 2樓
電　　話　(02)2917-8022

國家圖書館出版品預行編目(CIP)資料

PAYBACK03 / S A M K 著 . -- 初版 . -- 臺北市 :
深空出版有限公司出版 : 深空出版發行 , 2025.09
冊 ;　公分
ISBN 978-626-99609-3-4(第 3 冊 : 平裝). --
862.57　　114005665